외롭지
않은
어른은
없어

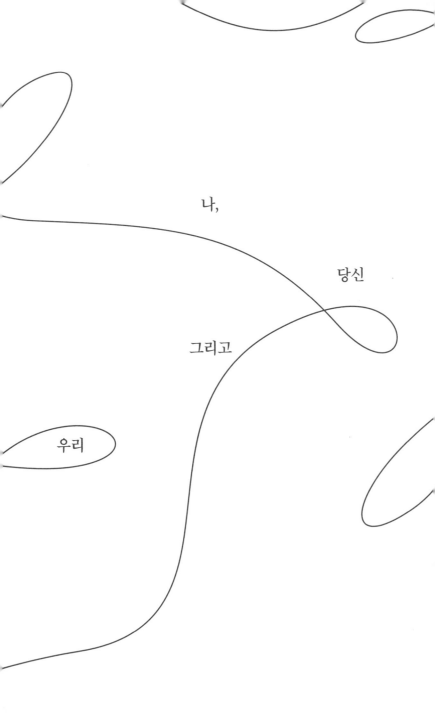

외롭지
않은
어른은
없어

안경숙 쓰고 그리다

메
카르북스

시작하며

여전히 서툴다.

중학교에 다닐 무렵이었을 것이다. 앞으로의 내 꿈과 10년 뒤의 내 모습을 글로 적어보라는 숙제를 해야 했던 적이 있다. 10년이라는 시간은 그저 멀게만 느껴졌지만 적어도 그 시간이 지나고 나면 삶의 달인 정도까지는 아니더라도 인생에 대해 뭔가 그럴싸한 말 정도는 당당히 하게 될 줄 알았다. 그런데 그 시절을 한참 건너왔음에도 인생이 무엇인지 아직 잘 모르겠다. 외롭고 두렵기도 하지만 소소한 일상에서 지금 이 순간의 행복을 만끽하는 것, 누군가와 함께라면 좀 더 위로가 되는 것, 그것이 인생 아닐까 짐작해볼 뿐이다.

우리는 혼자 있고 싶어하면서도 타인에게 의지하려 하고, 함께 있으면서도 외로워한다. 다른 누군가와의 소통을 이유로 SNS 공간 속에서 나 자신을 표현하거나 행복을 과장하지만 외로운 건 여전하다.

외롭지 않은 사람은 없다. 그러나 마음이 추운 어느 날에는 따듯한 밥 한 끼를 함께하며 힘을 내기도 하고, 서로 웃고 울며 일상의 고단함을 풀기도 하고, 열이 오른 이마를 짚어주는 다정한 손길에서 혼자가 아니라는 위안을 얻기도 한다. 결국 서로가 만드는 일상의 풍경에서 위로를 받고 또다시 살아갈 힘을 얻게 되는 듯하다.

'나'라는 울타리를 넘어 누군가에게 향하려 하고, 삶의 온기로 걸음을 떼려는 우리네 모습. 이런 나와 당신, 우리를 응원한다.

안경숙

차례

시작하며 ——— *004*

나

나를 꺼내본다 ——— *013*

글자의 맛 ——— *015*

마음도 사람들 틈에서 가끔 상처를 입는다 ——— *018*

밥의 온기 ——— *021*

카페 노마드 ——— *025*

크림빵과 비스킷 ——— *030*

네겐 일요일이 필요해 ——— *031*

하늘 가득 별 ——— *034*

움직이면 쏜다 ——— *036*

일상으로 돌아오는 것 ——— *039*

작가의 시간 ——— *042*

모멘텀 ——— *045*

인생은 종종 우리를 ——— *047*

취향은 시간이다 ——— *052*

락(樂) 페스티벌 ——— *055*

소속이 어디죠? ——— *061*

갓 ——— *062*

교토, 와비사비(わびさび) ——— *063*

즐겨찾기 ——— *070*

내 취향의 사치 ——— *072*

착한 곰탕 ——— 076

너는 너야 ——— 079

함부로, 내 멋대로 ——— 083

다행이다 ——— 087

혹시 롤라장? ——— 091

풍선 ——— 095

일상의 내공 ——— 096

오랜 친구 ——— 098

나의 하루는 ——— 100

당신

당신을 헤아리는 밤 ——— 105

마음 근육 ——— 108

배신 ——— 111

엄마 ——— 114

시간의 가치 ——— 115

안녕 ——— 118

오사카 나니와의 아주머니 ——— 119

책 ——— 123

당연하지 않은 날들 ——— 124

아 비앙또(A bientôt) ——— 128

명태 ——— 133

너도 자식 낳아 봐 ——— 135

습관 ——— 139

오픈 유어 아이즈 ——— 141

가장 슬픈 날 ——— 145

위로의 춤 ——— *149*

어떤 약속 ——— *152*

늦어버린 마음 ——— *153*

바게트 ——— *157*

장인(匠人)의 국수 ——— *158*

지상 최고의 연주 ——— *160*

프루스트와 모짜렐라 ——— *161*

날아올라! ——— *162*

도시락 ——— *165*

엄마의 생일 ——— *168*

지금, 가장 찬란하게 반짝이고 싶다 ——— *170*

작은 힘 ——— *173*

그리고
우리

외롭지 않은 어른은 없어 ——— *177*

버스 ——— *180*

명함 ——— *182*

삼치구이 ——— *185*

매듭을 푸는 사람 ——— *187*

어깨를 맞대고 ——— *190*

구인광고 ——— *193*

버려야 할 것 ——— *195*

브이 라인(V line) ——— *196*

달 같은 사랑 ——— *198*

글쓰기의 정신 ——— *201*

예감 ——— *204*

가벼운 손짓 하나로 ——— 205

32달러 ——— 207

냄비 ——— 211

그해 제주 ——— 213

손끝의 고백 ——— 215

당신의 기쁨은 나의 기쁨 ——— 220

사과 ——— 223

대타와 스타 ——— 226

마음의 거울 ——— 230

보물을 찾아서 ——— 234

아름다운 약속 ——— 236

저녁이 가면 아침이 온다 ——— 239

마치며 ——— 241

외로운 어른들의 주註 ——— 242

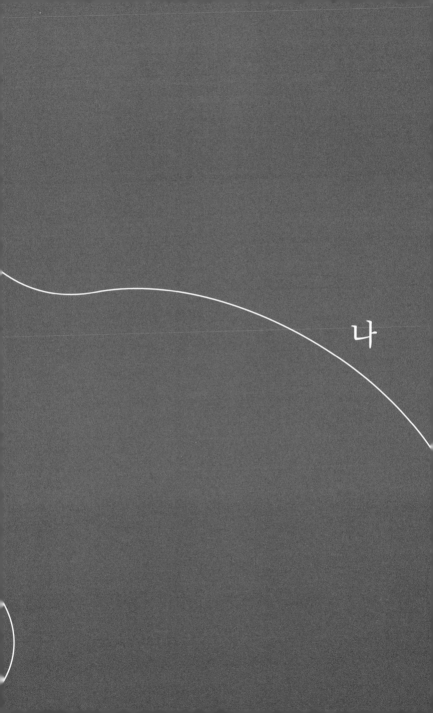

나

나를 꺼내본다

나는 가끔 인디아나 존스가 된다. 마음속 어딘가 숨어 있던 모험심이 발동해 고대 유물을 찾으러 대장정을 떠나는 것은 물론 아니다.

　　방 청소를 하다 보면 내 손은 어느새 한 구석에 밀어 놓았던 상자 속의 물건들을 집어 들고 있다. 며칠 전에는 편지들을 모아둔 상자가 발단이 되었다. 먼지처럼 시간이 켜켜이 쌓인 상자들을 열어보니 지난날의 내가 들어 있었다. 옛 친구의 편지 한 장을 읽다가 들춘 빛 바랜 앨범, 일기장, 끄적거린 연습장과 스케치북, 교과서 귀퉁이의 메모, 전시회와 음악회 팸플릿, 여행에서 남겨둔 영수증, 좋아하는 곡들을 녹음해둔 공테이프, 릴레이 형식으로 남긴 친구들의 쪽지, 오리거나 수집해둔 책갈피까지. 지금의 나는 그때의 나와 조우한다. 노스탤지어를 불러낸다.

상자 속 깊숙이 잠들어 있던 지난날의 나를 꺼내보는 것은 인디아나 존스의 유물 탐사나 발굴 작업과 다를 바 없다. 유물을 파헤치며 세월을 측정하고 사건을 파헤치듯 친구들이 적어준 쪽지와 편지들을 하나하나 읽으며 그 시절의 나와 친구들의 모습을 생각하다 보면 스릴 만점의 탐험처럼 몇 시간이 훌쩍 지나가버린다. 영화에서 수천 년간 풀리지 않은 문명의 비밀 같은 것이 스르르 밝혀지듯 한동안 끌어안고 있던 내 개인적인 문제의 실마리가 저절로 풀리기도 한다.

상자 속의 물건들은 과학으로는 도저히 풀이할 수 없는 미스터리한 유물만큼이나 중요하다. 그래서 들었다 났다를 반복하다가 결국 버리지 못하고 정리 수준에서 청소를 끝낸다. 모든 물건들은 퍼즐 같은 시간의 조각들이 만든 나의 이력서다. 그 시절 내가 그려본 반짝이는 미래와 마음속에 품었던 희망이 고스란히 나라는 사람을 만들었다. '인생은 뒤돌아볼 때 비로소 이해되지만, 우리는 앞을 향해 살아가야' 한다는 키르케고르의 말을 기억한다. 때때로 어린 시절의 흔적을 파헤치는 그 경이로운 시간이 나를 한 걸음 앞으로 내딛게 한다.

글자의 맛

퇴근길 지하철에서 책을 읽는다. 잠시 눈을 쉬려고 고개를 들어보니 여기저기 붙은 광고판의 글자들이 쏟아지듯 눈에 들어온다. 야식 배달 앱, 쇼핑몰, 아르바이트, 성형외과…… 글자의 홍수들. 나는 글자가 보이면 무조건 끝까지 읽곤 한다.

점심시간에는 윌리엄 스토트의 그림 '책을 읽는 여인'처럼 종종 혼자 밥을 먹으며 책을 읽는다. 그러다 책이 밥의 자리를 슬며시 차지해 글(자)로 배를 채우고 밥은 대충 먹기도 한다. 매일 사 먹는 점심은 기막히게 맛이 없다! 그러나 글맛으로 오히려 밥맛이 생기기도 한다. 인생이 무엇인지는 모르겠으나 인생의 맛이 무엇이냐고 질문을 받는다면 아마도 '글자 속에서 정신을 놓는' 맛이라고 할 수도 있겠다.

빠져 나오지 못할 것을 알면서도 더 깊숙이 들어가보고 싶은 마음. 사람들은 그것을 '중독'이라고 부른다. 읽을 것이 없으면 불안해하고 활자를 '끊고' 살 수 없는 나를 두고 활자 중독 아니냐고 한다. 서점의 문턱이 닳도록 드나들고, 밤 늦게 까지 책을 읽고 다음날 후회할 거면서 또 읽고, 새 책을 끝까지 읽기도 전에 또 책을 사고, 읽을거리를 '사냥'하고, 시력 감퇴로 경고를 자주 받고, 심지어 깨알같이 적혀 있는 약의 주의사항까지 놓치지 않고…… 물고기자리의 특성상 초콜릿이든 뭐든 중독 성향이 있다고 하더니 사람들의 말이 틀리지 않은가보다. 그래도 나는 글자의 바다 속에 깊이 빠져 헤엄쳐볼 것이다. 나는 읽는다, 고로 행복하다.

어릴 때의 나는 한글을 떼기도 전에 간판이나 광고지 등 글자만 보면 뜻도 모르면서 죄다 읽어대곤 했다고 한다. 종알종알 동화책을 읽고 끄적거리는 즐거움에 빠져 있는 내게 동화책의 내용을 물어보면 엉뚱한 소리를 하고 책의 내용과는 전혀 다른 이야기를 지어내기도 했다고 한다. 그때부터 읽는 것을 좋아했다지만 도무지 이유를 알 수 없다. 그런데 한편으로는 이 기질을 부모님, 특히 엄마에게서 물려받은 게 아닐까 싶을 때도 있다.

6·25 전쟁 이후 생계를 책임지다시피 해 학업이 어려웠던 엄마는 며칠씩 생으로 굶기가 일쑤인 신산한 시절을 보내

오면서도 마음속에 항상 글과 배움에 대한 소망을 품고 살아왔다. 세월이 흐른 뒤에도 언제나 배움의 주변을 기웃거리기는 했지만 생활의 무게 속에서 삶을 꾸려오느라 제대로 공부할 수는 없었다.

내가 어렸을 때 엄마는 지하철에서 원서나 외국 신문을 읽는 대학생들을 유심히 바라보곤 했다. 당신의 자식이 커서 저런 사람이 되면 얼마나 좋을까 하는 마음이었으리라 짐작한다. 내 책이 나올 때면 엄마는 책을 가슴에 꼬옥 끌어안았다.

자식을 통해 억지로 꿈을 이루려고 하거나 쉽게 무너뜨리는 부모 밑에 태어나지 않은 것을 행운이라고 여겼는데 엄마는 당신이 낳은 자식이 글을 좋아하는 사람이어서 행복해한다. 요즘도 나는 음악과 글, 이야기를 좋아하는 엄마와 종종 책이나 영화, 음악 이야기를 나누며 시간을 보낸다.

가끔 책상에 앉아 돋보기를 끼고 성경책을 펼쳐놓은 채 또박또박 한 글자씩 적어 내려가는 엄마의 모습은 렘브란트의 그림 속 주인공처럼 거룩해 보인다. 엄마의 눈동자 속에 글자들의 풍경이 흐른다. 엄마의 시간을 지켜드리고 싶다.

오늘도 글자들의 춤 속에서 나는 엄마의 미소를 읽는다.

마음도 사람들 틈에서 가끔 상처를 입는다

행사 준비로 꽃꽂이를 했다. 백합과 아네모네, 잎사귀와 잔가지 다발을 늘어놓고 큼직한 가위로 다듬기 시작했다. 머릿속에 구상한 모양대로 꽃을 꽂고 다듬기를 수차례. 마지막으로 화병에 담을 잔가지를 정성 들여 훑어 내려가는 순간 손가락이 찢어지는 듯한 감각이 느껴졌다. 피가 한두 방울씩 뚝뚝 떨어지더니 하얀 백합 꽃잎이 금세 빨간색으로 흥건하게 젖었다. 아, 하고 외마디소리를 낼 틈도 없었다. 휴지를 꺼내 얼른 피를 닦아내고 급한 대로 상처에 밴드를 붙이고 나서 꿋꿋하게 꽃꽂이를 마무리했다. 행사 준비를 마치고 점심을 먹는 동안에도 통증은 멈추지 않았다. 약사에게 상처를 보여주었더니 가위나 잔가지에 다친 것 같다고 했다. 소독을 하고 연고를 바르고 밴드로 손가락을 다시 감쌌다. 앞으로 며칠간 연고를 바르고 밴드를 붙여야 한다고 했다. 자칫

파상풍이 될 수도 있고 빨리 아물지도 않을 듯하니 계속 아프면 병원에 가보라는 말을 덧붙였다. 욱신거리는 손가락 때문에 잠잘 때 여러 번 뒤척였지만 다음날 통증은 가라앉았다. 그래도 어딘가에 살짝 닿기라도 하면 손가락이 저릿저릿했다.

마음도 사람들 틈에서 가끔씩 긁히고 찢기며 상처를 입는다. 쿨한 사람이라는 말, 늘 기분이 좋은 사람이라는 말이 상처를 더 따갑게 만들 때도 있다. 상처 받았다고, 나 좀 돌아봐달라고 말하지 못하고 아무 일 없는 것처럼 지내보려 해도 상처가 마치 옷에 남은 얼룩처럼 쉬이 가시지 않을 때도 있다.

때때로 냉장고 문을 열고 내부를 확인하듯 마음의 문을 열고 들여다보려 한다. 내 마음을 돌보려 한다.

그럴 때 노트나 스케치북에 SOS를 보낸다. 아픔을 달래며 한 줄 적어보고, 마음을 다독이며 그림 하나를 그려 넣는다. 그렇게 끄적거리는 동안 거짓말처럼 머릿속은 정리되고 아픔은 서서히 사라지며 상처도 견딜 만해진다. 나도 누군가에게 상처를 주었을까, 하며 그제야 한 발 떨어진 곳에서 바라볼 여유도 생긴다.

그래서 빈 종이는 내겐 회복되는 공간이자 면역력을 키워주는 공간이다. 나를 다시 살게 하는 공간이다.

밥의 온기

마에스트로가 내 앞으로 걸어오고 있었다. 이것은 결코 환상이 아니다. 무대나 공연물에서만 보아 온, 그 존재만으로 빛나는 21세기 거장 지휘자를 무대 뒤 리셉션장에서 직접 만나는 순간이었다.

'마에스트로 샤를 뒤투아, 오늘 공연도 잊지 못할 겁니다. 공연 내내 흥분이 가라앉지 않았습니다. 이렇게 만나 뵙게 되어 영광입니다.'

이렇게 말을 건네볼까, 머릿속으로 고심하고 있었다. 그런데 땀에 젖은 마에스트로가 손수건으로 얼굴을 닦으며 장난스레 내게 건넨 첫 마디는 이랬다.

"배가 몹시 고프군. 내가 먹을 음식은 남겨 놨겠죠? 허허."

아, 그렇지! 지휘자 뒤투아의 말이 떨어지기가 무섭게 뷔페 테이블로 안내해드렸다. 몇 시간 동안 지휘를 했으니 몹시 허기졌을 거라는 생각이 그제야 들었다. 포크와 접시를 집어 든 마에스트로는 감사의 인사를 잊지 않고 '어서 들어요. 오늘 행사를 준비하느라 수고 많았겠군. 고마워요'라고 말하면서 음식을 접시에 차례차례 골라 담았다.

음식을 고르는 지휘자의 천진한 표정에서 '흠, 무엇을 먹어볼까' 하는 기대감과 즐거움을 읽을 수 있었다. 팬들은 마에스트로가 식사하는 모습을 호기심 어린 눈으로 쳐다보며 식사가 끝나기만을 기다리고 있었다. 한두 명은 열렬한 팬이라는 사실을 어떻게든 전해보려는 듯 식사가 끝나기도 전에 지휘자에게 조심스럽게 다가와 사인을 해달라고 했지만 마에스트로는 싫은 내색 하나 없이 접시를 내려놓으며 사인을 해주었다.

"점심은 따뜻한 걸로 챙겨 먹었지?"

그때 엄마의 문자를 받았다. 곧 저녁을 먹을 테니, 엄마도 저녁 챙겨드시라는 말로 답장을 보냈다.

사실 나는 오늘도 행사 준비로 바빠 점심을 건너뛰다시피 했다. 얼마 전 통역을 할 때도 쫄쫄 굶었던 기억이 떠오른다. 뷔페 테이블 앞으로 다가가자 점심부터 거의 아무 것도 먹지 못해 홀대 받은 내 위장은 더 이상 흥분을 감추지 못하고 개구리 울음 비슷한 소리를 냈다. 일단 그 소리를 진정시키기 위해 상큼해 보이는 샐러드를 입 안 한 가득 넣었다. 그러자 억눌려 있던 미각이 깨어났다. 더위와 피곤에 지친 감각이 다시금 되살아났다. 정신이 깨어나는 듯했다. 정말 살 것 같았다.

음식을 목구멍에 허겁지겁 욱여넣다가 '밥'에 대한 생각으로 내 머릿속이 가득 찼다. 가끔 어르신들이 '다 밥 먹고 살자고 하는 짓이야'라고 하면 '빵만으론 살 수 없는데'라고 마음속으로 반론하기도 했던 나는 지금 이 순간 그 어떤 고상한 이론도 떠올릴 만한 처지가 아니지 않은가.

밥을 먹는다는 것은 삶을 이어가기 위한 가장 기본적이고도 근본적인 행위다. 게다가 씹고 뜯고 맛보고 즐기지는 못하더라도 최소한 허기진 속이라도 채워 넣지 않고는 일하기조차 힘들다. 먹어야 한다는 사실은 우리가 밥벌이를 하는 그 어떤 숭고한 이유보다도 가장 중요한 이유가 되기도 한다. 그러니 '인생에서 성공하는 비결 중 하나는 좋아하는 음식을 먹고 힘내'는 것이라는 마크 트웨인의 말이 그 순간 각별하게 느껴질 수밖에.

영화 〈카모메 식당〉을 보면서 사람은 음식 하나로도 충분히 행복해질 수 있다는 생각을 한 적이 있다. 음식을 맛보며 하루의 긴장과 고단함을 풀고, 수고한 자신을 독려한다. 추운 겨울에는 따끈한 국물을 천천히 떠먹으며 메마른 삶에서 온기를 느끼거나 더운 여름에는 시원한 육수를 들이키며 송골송골 맺힌 땀을 식히고 일상의 노곤함을 달랠 수도 있는 것이다.

　　'먹어야 산다'는 어르신들의 말씀은 옳다.

카페 노마드

눈발이 흩날리는 일요일 아침. 잿빛 구름 때문인지 주변이 스산한 분위기에 젖어 있다. 그래도 제법 많은 사람들이 일찌감치 카페에 노트북을 들고 나와 검색을 하거나 음악을 듣는다. 겨울의 끝자락이지만 카페 안은 봄처럼 따스하다. 나는 늘 그렇듯 크림을 얹지 않은 핫초코를 주문하고 항상 앉는 자리로 간다. 오른편엔 미켈란젤로의 〈천지창조〉의 일부가 액자에 걸려 있고 그림 속 인간의 손가락이 가리키는 대각선 지점에는 책들이 가지런히 꽂혀 있다. 큼지막한 유리창 너머로 눈 내리는 풍경이 한눈에 들어오는 자리, 옳지, 오늘은 저기가 좋겠네.

음료를 탁자 가장자리에 놓고 가방에서 노트와 펜, 책을 꺼내 탁자 가운데 올려둔다. 뒤뚱거리지 않는 탁자와 의자인지부터 확인한다. 작은 움직임에 탁자나 의자가 기울거나 하면 자세를 조금만 바꿔도 흔들거리니 여간 신경 쓰이는 게 아니다. 외투를 의자에 걸자마자 어제 읽다가 만 책을 펼친다. 주문한 핫초코를 막대로 휘휘- 젓는다. 자그마한 소용돌이 무늬가 머그잔 속에서 이내 가느다란 파도처럼 일렁인다. 김이 모락모락 피어오르는 핫초코를 입 안 가득 한 모금 머금어본다. 참 좋구나, 언제 어디서나 이렇게 책을 읽을 수 있어서.

"커피를 굳이 이렇게 비싼 돈 주고 카페에서 마셔야 하는 거야?"

생각에 잠기려는데 옆 자리에 앉은 어르신이 딸에게 나무라듯 말한다. 유명 카페를 찾아 명물 커피를 주문하고 몇 시간씩 쓸데없이 앉아 있는 사람들은 더더욱 한심하다는 말을 덧붙였다. 딸은 주변의 눈치를 살피더니 '엄마도 참. 요즘은 다들 이렇게 카페에 와요' 하며 목소리가 높아진 엄마에게 조용히 하라는 눈짓을 한다.

나도 예전에는 어르신의 생각과 별반 다르지 않았음을 고백한다. 카페라는 곳이 살아가는 데 없어서는 안 될 그런 공간은 아닌 데다가 커피를 마시지 않기 때문에 카페에 갈 이유도 거의 없었다.

그러다 파리의 카페에 갔을 때 그 도시가 자랑하는 디저트만큼이나 다양한 개성이 엿보이는 카페에 감탄한 적이 있다. 정확히 말하면 자신이 좋아하는 책을 읽어 내려가는 깊은 눈매의 신사처럼 풍미 가득한 커피향에 둘러싸여 카페의 분위기를 형성하고 역사를 만들어온 사람들의 매력에 빠져들었다. 익숙한 일상의 공간을 드나들 듯 카페에 들어오고 나가는 사람들의 모습은 자유롭고 자연스러웠다. 그들에게는 카페가 단순히 커피 한 잔 얼른 들이키고 나가는 곳이 아니라 책을 읽고 음악을 듣고 그간의 밀린 이야기들을 나누고, 지나가는 사람들이나 풍경을 바라보면서 혼자 사색을 하는 그런 공간이었다. 그러는 동안 하루의 일과를 돌아보고 상대방과 마음을 나누기도 하고 기운을 되찾는 듯했다. 카페를 찾는 이유, 그거면 충분하지 않을까.

어느 순간부터 나도 카페를 자주 찾기 시작했다. 책을 읽거나 글을 쓸 때는 물론이고 특별한 목적 없이 그저 여백이 필요할 때 마음을 내려놓고 카페에 앉아 있다 보면 복잡하게 얽혀 있던 생각의 실타래가 풀리고 영감이 떠오르기도 한다.

그런데 우후죽순으로 생겨난 무수히 많은 카페 중에서 정작 내 마음에 드는 곳을 찾기란 생각보다 쉽지 않았다. 무슨 영문인가 하면, 누구나 아는 유명한 카페는 사람들로 북적거려 자리가 없거나 대체로 시끌시끌하다. 또 어떤 카페는 햇볕이 전혀 들지 않고 노란 조명만 있어 답답하다. 그런가 하면 음악(音樂)인지 음악(音惡)인지 구분되지 않을 정도로 너무 소란스럽게 음악을 틀어대 생각에도, 글에도 좀처럼 집중할 수 없는 곳도 있다(이어폰을 꽂아도 소용이 없다). 게다가 핫초코나 다른 음료가 터무니 없이 맛없는 카페도 있다.

그래서 카페에 있어서 만큼은 노마드(nomad)를 자처한다. 마음에 드는 카페를 찾아 여기저기 기웃거리고 떠돌아다닐 수밖에 없다. 언젠가는 이 모든 조건들을 두루두루 만족시키는 카페를 만날 수 있으면 좋겠다. 백색소음도 좋지만, 음악을 틀더라도 클래식이나 흘러간 팝송, 상송, 영화 OST, 조용한 가요, 간혹 J-Pop을 잔잔히 틀어주고, 다양한 책들이 구비되어 있어 읽고 싶을 때 자유롭게 꺼내볼 수 있는 그런 카페를 찾을 수 있다면 참 좋겠다.

〈천지창조〉 그림이 걸려 있는 이 카페도 이제는 사람들이 제법 드나들어서 책 읽기나 글쓰기는 고사하고 가만히 앉아 사색하기도 어려워지고 있다. 한동안 줄기차게 이곳에 앉아 유유자적하게 보낸 시간과도 이제 작별인가. 슬슬 또 다른 카페를 찾아 떠나야 할 때가 왔음을 직감한다. 역시 인생이란 생각하는 대로만 흘러가주지는 않나 보다.

크림빵과 비스킷

어떤 하루의 끝,

말랑했던 내가 퍼석해진다.

촉촉한 크림빵은

메마른 비스킷이 된다.

하루를 열심히 살았는데

바스러져버린다.

살다 보면 그런 날이 있다.

눈물겹게 힘든 날.

네겐 일요일이 필요해

용산역에서 지하철 1호선에 몸을 싣고 남영역으로 향했다. 창밖을 내다보니 노을빛이 닿은 한강이 잔잔한 파문을 일으키며 반짝였다.

그런데 느닷없이 열차의 조명이 꺼졌다. 남영역에서 서울역으로 들어서기 직전의 구간, 순식간에 모든 전류가 차단되었다. 운행을 중단하나 싶었는데 열차는 느린 속도로 흐름을 유지하고 있었다. 천천히 움직이는 불 꺼진 전동차 안에서 조금 불안한 듯 두리번거리거나 우왕좌왕하는 승객들도 있었다.

순식간에 다른 공간, 다른 시간으로 이동한 듯했다. 이 구간을 '절연구간'이라고 부른다는 사실은 나중에야 알게 되었다. 절연구간이란 일시적으로 전류를 차단해 전기의 경로를 바꾸는 구간인데, 신기한 건 전기 공급이 끊겨도 전동차는 관성 때문에 계속 달릴 수 있다고 한다. 쉬지 않고 달려온 열차가

휴식을 취하는 구간이자 다음을 위해 잠시 충전하는, 말하자면 일요일 같은 구간인 셈이다.

"넌 일요일 같은 사람인데, 네겐 오히려 일요일이 필요한 것 같아."

어느 동료가 이런 말을 한 적이 있다. 내가 일요일 같은 편안함과 안정제 같은 안락함을 준다나. 사람들에게서 곧잘 듣는 말이라 그런 뜻이려니 싶었는데, 차분한 분위기와는 달리 정작 나라는 사람의 세계 속에는 열정이 꽉 차 있어 일을 너무 많이, 너무 열심히 한다는 것이었다. 스스로를 벌하는 것도 아니고(보들레르의 시도 인용할 줄 아는 사람이었다) 보통 화장실 갈 때나 점심시간을 빼고는 꼼짝 않고 일하지 않느냐며(나를 그토록 자세히 관찰했다니).

일요일.
비어있는 깨끗한 침대, 흰색 도화지, 바람 살랑거리는 나무 그늘의 긴 의자…… 어깨에 힘을 빼고 별 생각 없이 느슨하게 몸과 마음을 비워내는 공백의 시간. 내겐 그런 시간이 필요하다고 했다. 하루 종일 사력을 다해 일하고 집으로 돌아갈 때는 하루 일과의 스위치를 탁 하고 꺼줘야 한다고 했다.

진종일 컴퓨터 앞에서 눈을 굴리고, 피곤한 몸으로 외근이나 출장을 다니고, 서류 꾸러미를 들고 집으로 가기도 했으니 아닌 게 아니라 번아웃 직전이었다. 몸에서는 이상신호를 보내와 앉아서 일을 하기가 갈수록 어려워졌다. 업무가 워낙 많고 까다롭기도 했지만 긴장을 조금도 늦추지 않은 채 기력이 바닥날 때까지 스스로를 몰아붙였던 건 아닌지 나 자신에게 미안했다.

그래서 내 삶에 여백을 만들기로 했다. 그해 여름, 나는 퇴사를 했다.

하늘 가득 별

밤이 일찍 찾아왔습니다. 이곳은 남프랑스, 직장 상사 부부의 시골집입니다. 가로등이나 네온사인, 흔한 가게조차도 없는 이 마을에 밤이 오면, 내내 불이 꺼지지 않는 서울과는 달리 온 세상이 순수하게 까맣습니다.

여름의 끝자락이지만 9월 남프랑스의 밤은 스산하다 못해 한기가 들어 도톰한 이불자락을 끌어다 덮어야 합니다. 가을 옷을 몇 벌 챙겨가지고 오길 잘했다, 생각하면서 잠을 청하지만 쉽사리 잠들지 못합니다. 소슬한 바람이 나무를 흔드는 소리, 이름 모를 새와 풀벌레의 울음소리는 차라리 깊은 밤의 교향악입니다. 이런 자연 음악의 성찬을 앞에 두고 그 누구도 쉽게 잠들지 못할 겁니다. 나는 기어이 문을 열고 앞뜰로 나가봅니다.

아, 헤아릴 수 없을 만큼 무수한 별이라니! 어둠이 깊숙하게 내려앉은 약간 차가운 듯한 밤하늘엔 은빛 별사탕이 촘촘하게 박혀 있었어요. 시인 랭보는 뿌려진 별들을 보며 환희에 찬 하늘이라고 했던가요. 내겐 담백한 듯 달착지근한 하늘입니다. 이 순간에 어울리는 BGM은 왠지 몬도 그로소의 '1974 way home'이어야 할 것 같습니다.

불과 며칠 전까지만 해도 분초 단위로 쪼개져 있던 서울살이의 시간표가 별안간 몹시도 느슨해졌습니다. 햇살이 방안 가득 퍼지면 일어나고, 배가 고프면 먹고, 걷고 싶으면 밖으로 나가고, 졸음이 오면 자리에 눕고…… 이렇게나 허허로운 무위(無爲)의 하루하루가 너무나 비현실적으로 느껴져 처음엔 얼마나 당황스러웠는지 모릅니다. 하지만 별이 가득한 시골 마을의 잠 못 드는 밤하늘 아래 오늘에야 비로소 해방감을 맛봅니다. 이 순간을 붙잡아 빈 병 속에 담아둘 수는 없으니 차라리 눈동자 가득 별빛을 담고 떠나렵니다.

다시 서울에 돌아가면 달콤하고 시원한 문경 사과를 야금야금 베어먹듯 오늘 밤의 기억을 조금씩 꺼내보며 얼마간 또 살아가야 하겠지요. 어쩐지 처음으로 자유를 만난 것 같은 밤입니다.

움직이면 쏜다

흑백 서부 영화가 우리 집 안방을 점령한 것은 아마 내가 중학교에 다닐 무렵이었을 것이다. 〈주말의 명화〉, 〈토요명화〉, 〈명화극장〉에서 방영된 서부 영화들에는 게리 쿠퍼, 존 웨인, 숀 코너리, 클린트 이스트우드 같은 명배우들이 화면에 자주 얼굴을 들이밀었다. 스토리 전개에는 미묘한 차이가 있었지만 플롯은 거의 비슷해서 악당과 정의의 사도는 허름한 마을이나 금광 같은 것을 사이에 두고 서로에게 총을 겨누었다. 게다가 내용을 막론하고 단골처럼 등장하는 대사가 있었다.

"꼼짝 마! 움직이면 쏜다!"

악당은 정의를 지키려는 주인공들에게 명령한다. 대부분의 서부 영화에서 빼놓을 수 없는 이 중요한 장면을 나는 숨죽여 보곤 한다. 그들은 악당의 말을 순순히 따르고 항복할까?

정의의 수호자이자 명사수이기도 한 주인공들은 가만히 있는 척 카멜레온처럼 사방을 훑어보고 나서는 날렵한 몸놀림으로 잽싸게 적에게 방아쇠를 당긴다. 주인공이라면 예외는 없다. 악당이 시키는 대로 총을 내려둔 채 항복한다면 포로가 되어버리거나 죽임을 당할 것이 뻔하기 때문이다.

움직이면 쏜다.

살다 보면 이 말이 우리를 위협하거나 발목을 잡는다. 영화와는 달리 현실에서는 귀찮고 어렵고 힘든 모든 것들이 악당이다. 힘이 작용하지 않으면 물체는 자신의 운동 상태를 그대로 유지한다는 관성의 법칙은 인간에게도 적용된다. 지금껏 별 문제 없이 살아왔는데 구태여 움직일 필요가 있을까 하는 안일한 생각이 그러하다. 그래서 변화의 강을 건너려다 역풍을 맞을까 두려워하며 안주해버린다.

소설《요노스케 이야기》에 이런 말이 나온다.

"난 생각했어. 인생은 길 텐데 이렇게 빨리 타협해버리면 평생 그 모양 그 꼴이지 않을까 하는 생각."

그런 인생은 어쩌면 멈춰버린 시계 같은 게 아닐까. 변화하려는 의지조차 없이 꼼짝 않고 멈춰버린 인생. 현실의 편리함 앞에 무릎을 꿇어버리면 무엇을 할 수 있는지 알 수 없다. 미래로 발돋움하기 위해 암중모색하고 익숙한 것들과 결별해야 한다. 더 괜찮은 모습의 나를 만나러 가기 위해 두려움과 맞서며 움직여야 한다. 삶에 보다 적극적으로 개입해야 한다. 멈추면 죽고, 움직이면 산다.

일상으로 돌아오는 것

어떤 짙은 향기에 가던 길을 멈추었다. 내 곁을 지나간 외국인에게서 나는 향수 냄새 같았다. 분명 어디선가 맡았던 적이 있는 냄새였는데, 어디였더라. 길을 걸으면서 내내 기억을 떠올려봤다. 그건 태어나서 처음 몸을 실었던 국제선 비행기로 12시간을 날아 어색하게 발 디딘 도시, 코를 찌르는 자극적인 향수 냄새가 공항을 가득 메웠던 도시 파리의 냄새와 흡사했다. 설렘, 두려움, 기대와 같은 감정이 뒤섞여 복잡했던 향기.

난생처음으로 우리나라 땅을 벗어난다는 설렘은 짐을 싸는 내내, 그리고 기내에서 잠 못 이루며 파리라는 미지의 도시를 혼자 상상하던 시간 동안 계속되었다. 즐거움은 여행길에 있고 슬픔은 목적지에 있다고 말한 건 영화의 거장 장 뤽 고다르였던가.

여행.

나와 전혀 상관 없는 단어일 거라고 생각하던 시절이 있었다. 얼마나 자주, 먼 거리를 오갔는지 보여주는 마일리지를 이용해 매번 다른 곳으로 멀리 여행을 떠나는 사람들, 공항의 특별 라운지를 이용할 수 있는 사람들, 시차를 가뿐히 견뎌내고 마치 여행을 업으로 삼은 듯 주기적으로 일터와 거처를 옮기는 사람들과 일하고 있지만 나는 한때 평생 서울 붙박이로 살 줄 알았다. 아니, 붙박이를 자처하던 때가 있었다. 노마드를 동경한 적도 없다. 엄마에게 친구들과 한 시간만 놀고 오겠다고 말하고는 정말로 칼같이 한 시간을 지켜 집에 돌아와선 종이에 끄적거리던 유년의 나는 서울에서 한 발자국도 움직이지 않고 삶의 끝을 맞이할 거라고 생각했다. 그 어린 날의 나는.

학창 시절 내내 '범생이'라는 별명이 따라붙었다. '성실한, 착한, 어른스러운, 정상적인'이라는 이면에 '모험을 즐기지 않는, 안전한, 틀을 벗어나지 않는'이라는 의미가 들어 있는 단어 범생이. 떠나고자 하는 욕구가 결여되어 있다는 것과 범생이라는 단어는 알고 보면 무관하지 않았다. 그랬기에 순전히 내 의지로 지도 하나 달랑 들고 혼자 파리의 골목길을 누비며

들라크루아 미술관 같은 곳을 찾아 나서게 될 줄은 꿈에도 몰
랐다. 그런 여행의 기억들이 이따금씩 내 삶의 구석구석을 환
하게 비춰줄 때마다 이 말을 떠올린다.

"유랑하고 헤매고 돌아오는 거야."

일본 드라마 〈심야식당〉의 코바야시 카오루가 길을 떠나
는 오다기리 죠에게 건넨 말이다. 여행의 정의에 이보다 더 잘
맞는 말이 있을까. 우리는 일상을 벗어나 어디론가 떠나지만
결국 '여기'로 돌아와야 한다. 돌아오지 않으면 방랑으로 끝을
맺을 테니.

그래서 나는 일상으로 돌아오려고, 하루하루를 더 잘 살
려고 이따금씩 여행을 한다. 집으로, 직장으로, 나를 찾는 누군
가가 있는 곳, 말하자면 우리의 자리로 돌아와야 하니까. 그렇
게 익숙한 것들과 헤어졌다가 익숙한 것들의 품으로 다시 돌
아오면 일상의 빛깔이 이전과는 사뭇 다르다. 작가 장 그르니
에의 말처럼 나는 나 '자신을 되찾기 위하여' 여행한다.

작가의 시간

창고 대방출. 연말이 다가오니 한동안 쌓였던 옷가지나 물품들을 창고에서 꺼내 대량으로 할인 판매한다는 광고가 여기저기 붙어 있다.

　새벽같이 일어나 지옥철에 몸을 싣고, 매일 꼬박꼬박 복잡한 업무를 해내고, 처리한 서류더미가 한 손으로는 들지 못할 만큼 쌓이고, 말이 잘 통하는 사람들과는 더욱 말이 잘 통하게 되고, 말이 안 통하는 사람들과는 더욱 말이 안 통하게 되고, 초콜릿을 먹어대고, 책이나 영화, 그림을 보거나 음악을 듣고 또 듣는 동안 내 안에 생각과 상념이 차곡차곡 쌓여 밖으로 헤집고 나올 때, 하고 싶은 말이 많아 물이 불어난 강물처럼 흘러 넘치려고 할 때가 있다. 그럴 때면 나도 머릿속 창고를 시원하게 비워내고 싶은 마음에 그간 쌓인 것을 최면에 걸린 듯 펜으로 배출해낸다.

손에서 글이 분출되는 동안은 마치 뉴질랜드에서 봤던 와이오타푸[2]가 용솟음치는 것 같기도 하고 엄청난 폭발음과 거대한 화염을 토하다가 공중으로 발사되는 로켓 같기도 하고 때로는 거대하게 쏟아져 내리는 폭포 같기도 하다, 라고 자주 말할 수 있으면 좋겠다. 창고를 비워보려고 책상 앞에 앉아 펜을 들고 첫 단락을 써본다. 쓸 것도, 하고 싶은 말도 많지만 자, 어떻게 시작해야 할까, 무슨 말부터 쓸까 고민에 빠진다. 그러다 첫 문장, 첫 단어, 뭐든 좋으니 우선 천천히 생각나는 대로 쓴다. 시작이 반이다.

음, 그런대로 괜찮은 걸. 잘 써지는 듯한 느낌이 들면 눈빛이 반짝이고 몸에는 힘이 들어간다. 어디서 기운이 솟는지 막힘없이 펜이 움직인다. 그런데 몇 문장 쓰다 보면 머릿속 검열관이 움직이기 시작한다. 잘 생각해 봐, 그 단어는 너무 뻔해, 그 문장은 앞뒤가 안 맞아, 그때 들었던 이야기가 이게 맞아? 혼자 묻고 대답하고 좋아하다가 혼란에 빠져 머리를 부여잡기를 수차례. 일상의 이야기들을 썰물처럼 흘려 보내지 말고 건져 올렸어야 하는데, 책장을 휘리릭 넘기듯 무심코 지나치지 않으려는 마음가짐이어야 하는데, 하며 자신을 채근하기도 한다.

단어를 고르고, 문장을 고치고, 다듬고, 지웠다가 다시 쓰기를 우직하게 되풀이한다. 오탈자를 찾아내기 위해 눈 씻고 광선을 내뿜으며 노트와 모니터를 노려본다. 펜을 쥐고 의자에 엉덩이를 붙이고 한참을 매달리다 보면 그토록 원하던 단어와 문장이 모습을 드러내기도 하지만 머릿속 생각이 밖으로 나오면 십중팔구 내가 쓰려던 참신한 문장이 아닌 경우가 많아 막막해진다. 어느 날은 아슬아슬 파도를 타기도 한다. 글이 유독 잘 써질 때는 높은 파도 위의 서퍼처럼 우쭐해지다가도 자칫 마음의 균형을 잃으면 바로 넘어지고 만다. 순풍에 미끄러지듯 파도를 타다가 넘어지기를 반복하지만 조바심을 내지 않으려 한다. 황금알에 눈이 어두워 섣불리 암탉의 배를 갈라, 생기다 만 알을 꺼냈다는 전래동화의 부부처럼 되지 않도록 설익은 생각, 설익은 글을 쓰지 않으려 자세를 가다듬되 어깨에 힘을 빼고 차분히 열과 성을 다해 써본다.

글쓰기의 과정은 참으로 길고 고된 과정임에 틀림없지만 뜨거운 생각과 가슴이 글 속에 스며들 때, 비로소 자신이 원하는 단어와 문장을 찾아냈을 때 희열을 느낀다. 이런 과정 속에서 허우적댈지언정 끊임없이 써 나가는 시간, 나는 살아있음을 확인한다.

모멘텀

"ㅅ전자가 올 하반기에도 상승 모멘텀을 이어갈 것 같습니다!"

신문의 주식란을 펼칠 때면 모멘텀이라는 용어가 나온다.
영어 사전을 찾아보니 힘, 운동량, 기세, 여세라는 알 듯 모를
듯한 의미가 적혀 있다.

이를 테면 이런 걸까.

나를 전혀 알지 못하는 사람들이
내 책들을 읽으면서
밑줄을 치고 메모를 하고 포스트잇을 붙여가며 기억하려 하고
때로는 책 속의 문장들을 필사하기도 하고
그림들을 따라 그리기도 하고.

감탄사를 연발하지는 않아도

"글 속에 푹 빠져버렸어요."

"그림이 마음에 들어요."

라고 전해주는 말들.

그럴 때마다 어딘가로 숨어버린 줄만 알았던 따듯한 기운이

봄꽃처럼 마음을 물들인다.

또다시 펜을 쥐게 한다.

어쩌면 내겐 그런 게 바로 상승 모멘텀 아닐까.

인생은 종종 우리를

"외국어를 세 개씩이나 하다니, 정말 편하시겠어요!"

내게 외국어를 잘할 수 있는 비법을 물을 때마다 음, 뭘까 싶다가도 결국 특별한 방법은 없다는 결론에 이르곤 한다. 지독한 근시여서 악보를 통째로 외웠던 지휘자 토스카니니처럼 특출한 암기력이야말로 외국어를 잘할 수 있는 비결 아니냐고 묻기도 한다. 그러나 해외 유학 경험조차 없는 나는 외국어를 그냥 자연스럽게 익혔던 것 같다. 외국어 공부가 쉬웠다는 뜻이 아니다. 남들보다 약간은 뛰어난 기억력을 갖고 있기는 하지만 그보다는 꾸준한 반복이 방법이라면 방법일 것이다. 하지만 방법론을 언급하기 전에 외국어와 외국 문화에 대한 지속적인 관심이 우선 아닐까 싶다. 관심이 다했다고 구석에 밀어두는 아이돌의 사진 대하듯 한다면 배움이 어려울 듯하다. 음악 없이는 삶을 견디기 힘들지 않을까 싶을 정도로 음악을 좋아하는 나는, 돌이켜 보면 노래를 듣고 흥얼거리며 외국어와 가까워졌던 것 같다.

아주 오래전 어느 가을 우연히 샹송 가수 이브 몽땅의 'Quand tu dors près de moi(그대가 내 곁에 잠들 때)'라는 노래를 들었다. 어린 시절부터 프랑스 하면 그림을 떠올렸던 나는 그림의 나라에 어울리는 이 근사한 노래를 듣고 프랑스에 더욱 마음을 빼앗겼다. 브람스 교향곡 3번의 3악장을 편곡한 이 노래는 영화 〈이수〉(원작《브람스를 좋아하세요?》)에 나온 곡이었는데 전공에 대한 아직 뚜렷한 계획이 없던 그 시절, 불문학을 전공하게끔 만든 곡 중 하나이자 프랑스를 동경하게 만든 곡이었다. 불어가 아니면 안 될 것 같았다. 그럴싸한 이유도, 대단한 동기도 없었던 셈이다. 이후 많은 노래를 찾아 듣게 되었고 조 다상, 앙리코 마샤스, 클로드 프랑수아, 자크 브렐, 조르주 브라상스, 프랑수아즈 아르디, 파트릭 브뤼엘, 엔조 엔조 같은 불어권 가수들의 샹송 세계에 흠뻑 빠지게 되었다. 들리지 않는 가사를 받아 적고 혼자 해석하고 애쓰다 보면 어느새 단어와 문장이 들리고 그 의미까지 갑자기 이해되는 순간이 오곤 했다.

프랑스어를 좋아하던 나는 진로 또한 프랑스어와 관련된 것으로 결정했다. 프랑스계 회사에서 한참 직장생활을 하던 그 시절까지도 프랑스어는 나의 마지막 외국어일 거라고 생각했다. 프랑스어 다음에는 아무것도 없었다(고 믿었다).

하지만 인생은 우리를 종종 생각지 못한 장면으로 데려다 놓곤 하지 않는가. 바람처럼 흔들리는 나의 모습으로 시작해 빗소리와 함께 추억을 되새기며 끝나는 일본 노래 '津波(쓰나미)'를 들어버리게 된 것은 그때까지 프랑스어가 전부라고 생각했던 나의 믿음을 바꾸는 일생일대의 사건이 되었다. 그 노래를 듣자마자 나는 즉시 일어의 세계에 입수했다. 그룹 사잔 올 스타즈의 리드 보컬 쿠와타 케이스케의 묵직한 음성과 서정적인 멜로디는 내 마음에 주체할 수 없는 파문을 일으켰다. 그 힘은 대단한 것이어서 안전지대, 튜브, Dreams come true, 토쿠나가 히데야키나 스맙 같은 국민 아이돌의 노래와 일본 영화, 드라마, 우키요에[3]를 기웃거리게 하고 소설과 에세이까지 들춰보지 않을 수 없게 만들었다.

하지만 프랑스어나 일어보다 시기적으로 먼저 귀에 담았

던 외국어는 당연히 영어다(우리나라 사람이라면 대부분 그렇듯 자의로든 타의로든). 가장 먼저 만난 외국 노래는 팝송이다. 그만큼 가장 오랜 세월을 들어왔고 많은 추억도 깃들어 있다. 가령 엘비스 프레슬리와 비틀즈의 초기 곡들은 초등학교 때 '아하' 카세트 플레이어('마이마이', '워크맨'과 더불어 동시대의 삼총사격 트랜지스터)를 선물로 받고 들었던 기억이 떠오른다. 글렌 메데이로스의 'Nothing's gonna change my love for you'와 스타십의 'Nothing's gonna stop us now'는 '그대 눈동자에 건배'만큼이나 오글거리는 가사였지만 셀 수 없이 따라 불렀던 중학생 시절이, 존 덴버의 'Today'는 교복을 입고 등굣길에 낙엽을 밟던 어느 가을 아침의 청명함과 낭만이, 서머싯 몸의 《달과 6펜스》를 연상케 하는 크리스토퍼 크로스의 'The best that you can do'는 낙원과 꿈을 좇아 살았던 고갱과 별빛 같은 화가 반 고흐의 화집을 찾아 서점을 돌아다녔던 대학 시절을 떠올리게 한다.

그리고 보니 외국어를 공부하는 것도 사람을 대하는 일과 어딘가 비슷하다는 생각이 든다. 처음에는 낯설고 어렵지만 설렘과 호기심으로 한 글자씩, 한 문장씩 배우고 알아가면서 누군가의 세계에 다가서고 가까워진다. 단어와 문장이 쌓여갈 때마다 그 세계에 더 깊이 들어간다. 그만큼 시간도, 추억도 쌓여간다.

오늘도 내 방에는 공기처럼 자연스럽게 노래가 흐르고 있다. 늘 가까이 하다 보니 가끔 외국어로 대화하는 꿈도 꾸곤 한다. 살면서 이렇게 만난 외국어들을 당분간은 계속 안고 살아가야 할 것 같다.

취향은 시간이다

어지간해서는 충동 구매를 하지 않는 성격이지만 초콜릿만큼
은 예외로 한다. 진열대에 못 보던 초콜릿 혹은 초콜릿이 들어
있는 쿠키나 아이스크림이 있으면 마치 파블로프의 개처럼 자
동반사되므로 조금이라도 구입해 맛을 봐야 한다.

　　어느 허기진 날 신상품을 발견한 적이 있었다. 계산을 마
치자마자 길을 걸으며 재빠른 손놀림으로
포장을 뜯어 순식간에 큼직하고 두툼한
초콜릿 한 개를 입 안에 넣었다. 이렇게
초콜릿을 충동적으로 흡입하기도 한다. 어
쩌면 내 안의 어딘가에 초콜릿을 빨아들이는 블
랙홀이 숨어 있을지도 모른다. 평소엔 숨죽이고 있다가 초콜
릿만 보면 갑자기 어마어마한 힘을 발휘해 나도 모르게 입 안
으로 허겁지겁 집어넣게 만드는 내 안의 블랙홀.

나는 아무것도 섞이지 않은 밀크 초콜릿을 가장 좋아하지만 때로는 바삭하게 씹히는 쿠키나 과일이 들어있는 것에서도 색다른 맛을 발견하곤 한다. 초콜릿에 있어서는 얼리어먹터[4]가 되어 본다. 서울 시내에서 초콜릿이 많이 모여 있는 곳은 단연 백화점이나 대형 마트의 식품 매장이다. 초콜릿이라면 도가 튼 나지만 간혹 못 보던 제품이 얌전히 섞여 있을 때도 있다(자세히 들여다봐야 보인다). 고층빌딩의 지하에서 어느 한 브랜드 제품만을 취급하는 매장을 우연히 발견하면 막 건져 올려 팔딱거리는 물고기를 바라보는 어부처럼 남몰래 흐뭇해하기도 한다. 그러다 보니 어쩌다 해외에 나갈 일이 생기면 골목길의 상점이든 시내의 대형 매장이든 초콜릿 진열대는 미술관처럼 반드시 거쳐야 할 코스가 되었다.

얼마 전에는 초콜릿이 잔뜩 모여 있는 외국의 어느 매장 진열대 앞에서 한참 동안 넋을 놓은 적이 있었다. 무엇을 골라야 할지 모르는 난감함과 어떤 초콜릿을 고를까 하는 흥분이 교차하며 두근두근 했다. 같은 회사 제품인데도 저마다 다양한 맛을 자랑하는 초콜릿 브랜드들은 그 모양과 포장만으로도 나를 압도했다. '나를 데려가세요' 하는 듯한 초콜릿들의 간절한 애원이 들리는 듯했다. 욕심 같아서는 종류별로 구입해 매일매일 먹어보고 싶었지만 뇌에서 황급히 경계 경보를 보냈다. 책을 고르듯 꽤 긴 시간 고민한 끝에 선물로 살 것과 나를 위한 것을 몇 가지만 추려내면서도 내심 안타까운 마음에 발길이 쉽게 떨어지지 않았다.

사람들은 초콜릿 미식가를 자처하는 내게 초콜릿을 어떻게 먹는 게 맛있는지 자문(?)을 구할 때도 있다. 초콜릿 바 혹은 아몬드, 땅콩이 들어 있는 초콜릿은 확실하게 씹어줘야 하지만 내용물이 순수 초콜릿인 경우에는 입 안에 넣고 우선 천천히 녹여줘야 한다. 시간이 지나며 서서히 녹아가는 초콜릿의 단맛을 음미하다가 혀 속에 남은 조금 단단한 초콜릿 덩어리를 마침내 오도독, 씹어 넘긴다. 그러면 감미로움이 온 신경을 통해 서서히 퍼진다. 이처럼 초콜릿을 먹는 데도 적당한 시간과 공을 들여야 제 맛을 느낄 수 있다는 나름의 지론이 있다.

초콜릿에 관한 글을 쓰고 있는 지금 이 순간 누군가 내게 선물로 준 바삭한 초코 과자 하나를 입에 물었다. 달콤하지만 군더더기 없는 깔끔한 맛에 감격해버리고 만다. 쓰고 그려온 시간에는 견줄 바가 못 되지만 초콜릿과 함께하는 시간이 길면 길어질수록 입맛은 좀 더 섬세해지고 취향은 단단해져 간다. 그래서 취향은 시간이다.

락(樂) 페스티벌

"혼자 있어도 전혀 심심하지 않겠네요."

　　내 책을 빌려간 어느 지인이 책을 읽다가 낙엽 한 장이 툭 튀어나왔다며 말을 꺼냈다. 언젠가 샹송 가수 파트릭 브뤼엘의 노래 가사를 적어둔 낙엽이었다. 나는 그림을 그려 책갈피로 쓰거나 좋아하는 음악가, 화가, 작가, 영화에 대한 기사 혹은 시향지를 책갈피로 쓰기도 한다. 효용성과는 거리가 먼 취미이지만 사람들은 그런 면면들로 하여금 나를 혼자 놀기의 달인으로 등극(?)시켰다.

　　어린 시절부터 '스스로 어린이' 기질이 다분했을 뿐만 아니라 첫째로 태어나 혼자 직접 해결하는 일들이 조금씩 늘어났다. 문제 해결사 역할을 할 때도 많아 누군가에게 의존하지 않는 일을 선호하게 되었다. 이런 성향이 혼자 놀기와 무관하지 않은 듯하다.

그림을 그리는 게 취미이기도 하거니와 '손맛'이 나는 것에 애착을 느껴 꽃을 만들거나 붓펜으로 글씨를 쓴다. 돈이 되든 그저 좋아서 시작한 취미들은 이따금씩 안전지대랄까 쉼터가 되어 주었다. 커피와 술을 마시지 않는 사람의 일상이 재미있어 봐야 얼마나 있겠느냐고 빈정대는 지인들도 있지만 대가를 바라지 않고 몰입할 수 있는 대상이 많을수록, 오래 지속할수록 숨통이 트인다. 쇼펜하우어는 이런 말을 하지 않았던가.

"모든 사람은 자신에 대하여 가장 훌륭한 존재가 되어야 한다. 이렇게 될수록, 즉 인간이 향락을 자기 안에서 발견하는 일이 많을수록 그는 점차 행복하게 될 것이다."

그런가 하면 '인간이 불행한 건 혼자 고요히 방에 있을 수 없어서'라고 했던 건 파스칼이었을 것이다.

학교에 들어가기 전에는 동화책을 읽고 귀퉁이에 무엇인가를 꼼지락꼼지락 쓰고 그리는 게 하루 일과였다. 친구들이 노-올자 하며 창밖에서 불러대면 이따 놀자 혹은 낼(내일) 놀자- 그것도 여의치 않으면 안 놀아- 하고 리듬에 맞춰 대답했던 기억이 난다. 나는 고무줄과 공기놀이의 고수였음에도 자주 방에 틀어박혀 중얼거리며 책을 읽거나 글을 끼적이곤 했다. 창 하나를 사이에 두고 방 안에서는 동화와 그림의 세계가 펼쳐져 있었다. 밖에 나가 놀 때도 엄마에게 '한 시간만 놀고 오겠다'고 하면 거짓말처럼 정확하게 한 시간을 맞춰 집에 돌아와(친구네 집에서 시계를 들여다보곤 했다고 한다) 다시 끼적거리는 나를, 친구들은 자기들과 조금 다른 아이로 여기는 듯했다.

초록색 지붕의 집에서 책을 읽고 글을 쓰고 창밖의 풍경을 내다보며 상상의 나래를 펼치고 꿈을 키워가던 빨강머리 앤처럼 나는 시간이 흐르면서 혼자만의 시간을 더 좋아하게 되었다.

대학 시절이라고 별반 다를 게 없었다. 남들 다 하는 미팅도 하지 않고, 취업에 꼭 필요하다는 토익이니 토플 학원은 기웃거리지도 않았다. 대신 프랑스문화원이나 영화관, 전시회장이나 음악회장을 그 시절부터도 혼자 자주 드나들었다. 졸업 즈음에도 대기업 입사에 관심을 두지 않고 내가 하고 싶은 일, 가고 싶은 직장에 이력서를 보내 알아서 입사하곤 했다. 많은 공고와 주변의 추천, 권유보다는 내가 가고 싶은 곳이 우선이었다. 게다가 공고도 나지 않은 기업의 일면식도 없는 담당자에게 대뜸 이력서를 보내다니. 나는 우리 사회가 정해놓은 틀, 남들이 하는 건 꼭 해봐야 한다는 주의에서 약간 벗어난 사람으로 비춰졌던 것 같다.

그런 나도 지금은 상사의 결정을 많이 따라야 하는 일을 하고 있지만 가끔씩 혼자만의 반짝이는 이벤트가 필요할 때도 있다. 이벤트라고 해서 거창하지는 않다. 이를 테면 연휴에는 몇 편의 영화를 이어서 보거나 음악회나 전시회를 둘러보는 기회를 반드시 만드는 정도. 얼마 전에는 평소 보고 싶었던 영화들을 이틀 동안 몰아서 봤다. 무슨무슨 음악제 같은 캐치 프레이즈처럼 그 이틀을 '락(樂) 페스티벌'이라고 이름 붙였다. 그토록 좋아하는 추억의 흑백영화들을 보고 또 보면서 축제의 시간을 즐겼다.

그레고리 펙과 오드리 헵번이 주연한 〈로마의 휴일〉은 유년기에 본 내 인생 첫 영화라는 기념비적 타이틀을 거머쥔 영화다. 그 영화를 보면서 눈이 번쩍 뜨인 나는 성우 덕후가 되기도 했다. 〈로마의 휴일〉을 필두로 타이런 파워, 킴 노박이 나오는 〈애심〉, 또한 〈마음의 행로〉, 〈사브리나〉, 〈마이 페어 레이디〉, 〈티파니에서 아침을〉, 〈9월이 오면〉, 〈모정〉, 〈바람과 함께 사라지다〉, 〈애수〉, 〈검은 수선화〉, 〈사운드 오브 뮤직〉, 〈젊은이의 양지〉, 〈벤허〉, 〈십계〉, 〈하이눈〉, 〈황야의 무법자〉, 〈

황야의 7인〉, 〈OK 목장의 대결투〉, 〈콰이강의 다리〉, 〈007 시리즈〉, 〈태양은 가득히〉, 〈암흑가의 두 사람〉, 〈아가씨 손길을 부드럽게〉, 〈남과 여〉, 〈파리 대탈출〉 같은 외화는 물론이거니와 〈마부〉, 〈오부자〉, 〈고교 얄개〉 같은 한국 영화까지 두루두루 섭렵하기 시작했다.

어디 그뿐인가. 다양한 외화 시리즈물까지 챙겨보게 되었다. 〈A특공대〉, 〈에어울프〉, 〈레밍턴 스틸〉, 〈블루문 특급〉, 〈미녀 첩보원〉, 〈맥가이버〉, 〈초원의 집〉, 〈천사 조나단〉, 〈전격 Z작전〉, 〈원더 우먼〉, 〈두 얼굴의 사나이〉, 〈소머즈〉, 〈6백만 달러의 사나이〉, 〈돌아온 제5전선〉, 〈머나먼 정글〉, 〈케빈은 12살〉, 〈아빠는 멋쟁이〉, 〈천사들의 합창〉, 〈코스비 가족〉 등등.

한번 펼치면 끝도 없이 나오는 색상표 속 색깔들처럼 내가 본 영화의 제목을 다 적어보라 하면 지금 번갈아 가며 듣고 있는 안네 소피 무터의 〈Carmen fantasy〉 앨범, 듀크 조단의 〈Flight to Denmark〉 앨범, 안전지대의 '悲しみにさよなら(슬픔에 안녕)', 알랭 들롱이 속삭이는 'Parolez, parolez(빠롤레, 빠롤레)'를 수십 번 돌려 들으며 밤을 새워야 할지 몰라 그만 쓰기로 한다.

고소한 팝콘과 그에 어울리는 달콤한 음료를 소파에 엎

어두고 옛 영화의 흑백 화면에 집중한다. 과거의 시간과 향수
가 내 거실로 건너온다. '대한 늬우스'를 보듯 구식의 영어 발
성에 귀를 기울이고, 무채색의 의상과 배경에 나만의 색깔을
입혀본다.

오로지 즐거운 것으로 채우는 이 시간은 완벽하다.

소속이 어디죠?

"Where do you belong to?(소속이 어디죠?)"

어느 세미나에서 옆자리에 앉은 사람에게 이런 질문을 받은 적이 있다. 보통은 'Where do you work(어디서 일해요)?' 라는 질문을 받는데, belong이라는 단어를 듣자니 왠지 거부감이 생겼다.

흠, 직장 이름을 댔지만 실은 이렇게 대답하고 싶었다.
"I belong to 'me'(나는 나예요)."

갓

갓 구운 빵, 갓 볶은 커피
갓 피어난 꽃, 갓 태어난 아기……

 '갓'이라는 말을 좋아한다. 그 말에는 이른 봄에 부는 싱그러운 산들바람과 맑은 숲 속 풀잎에 내린 아침 이슬의 신선함이 느껴진다. 잠들었던 일상을 깨워주는 단어다. 눈에 보이지 않던 것들을 뚜렷하게 보여줄 것만 같은 단어다. '갓'의 느낌이 스며든, 그런 글을 쓰고 싶을 때가 있다.

교토, 와비사비(わびさび)

시계는 오후 3시 10분을 향하고 있었다.

　　여기서 호텔까지 어떻게 간담? 교토역이 크다는 말은 들었지만 어마어마한 규모였다. 처음 온 사람은 길을 잃기 십상이라는 말은 괜한 소리가 아니었다. 눈에서 광선을 내뿜으며 호텔과 이어진 출구를 찾아보려고 했지만 쉽지 않았다. 파도처럼 들어오고 나가는 관광객의 물결 속에서 나는 관광안내소를 찾아냈다. 직원이 알려준 대로 꾸역꾸역 몰려오는 관광객들 사이를 피해 다니며 에스컬레이터를 찾았다. 좀 아까 오른쪽을 가리켰지. 아니, 잘 모르겠다. 어쩌면 왼쪽을 가리켰을지도 모른다는 생각이 들었지만 어느새 오른쪽 에스컬레이터에 발을 올리고 있었다. 계속 이어진 에스컬레이터를 타고 가다 보니 4층까지 올라와 있었다. 그런데 어쩐지 지나가는 사람 하나 없었다. 반대편의 에스컬레이터를 바라보니 북적거린다.

저쪽으로 갔어야 했나.

　그때 마침 세 명의 일본 남성들이 이쪽으로 걸어오고 있었다. 역무원 복장을 하고 있는 것으로 봐서 교토역에 근무하는 사람들이 아닐까 짐작했다. '스미마셍(죄송합니다)' 하고 가장 점잖아 보이는 남성에게 조심스럽게 말을 걸었다. 은발이 잘 어울리는 깔끔한 느낌의 노신사였다. 그 뒤에 서 있던 젊은 역무원과 잠깐 눈이 마주쳤는데 얼굴에 미소가 가득했다.

　"교토 K 호텔을 가려고 하는데 어떻게 하면 좋을까요?"
　"아, K 호텔. 우리도 1층으로 내려가야 하니까 그럼 일단 같이 내려갑시다."
　"감사합니다."

　노신사의 권유에 따라 에스컬레이터를 탔다. 1층까지 내려와 중앙문을 통해 밖으로 나갔다. 노신사는 '이 사람이 호텔까지 안내해줄 겁니다' 하며 젊은 역무원에게 임무(?)를 맡겼다. 우리 가족은 고개 숙여 인사했다.

　"K 호텔까지 가려면 저쪽의 에스컬레이터를 타고 지하도로 가면 됩니다. 함께 가시죠."

"아, 그렇군요. 알겠습니다."

역무원의 정갈한 외모만큼이나 맑은 교토의 공기. 날씨가 더웠다면 묵직했을 지하철역의 공기는 다소 쌀쌀한 날씨 탓에 상쾌했다. 우리의 길잡이가 된 역무원은 귀찮은 내색 하나 없었다. 그는 내 눈을 찬찬히 들여다보며 말을 걸었다.

"교토에 와 보신 적이 있습니까?"

"10년 전 도쿄에 한 번, 교토는 이번이 처음입니다. 그런데 생각보다 관광객이 많네요."

"네, 봄 휴가가 시작된 것 같습니다. 그런데 일본어를 참 잘하시네요."

"10년 전 일본어를 배울 때는 제법 잘했는데 많이 잊어버렸어요."

"휴가 중이십니까?"

"네, 직장의 부활절 휴가라서요."

"아, 한국 직장에서는 부활절을 기념합니까?"

"아니요, 저는 외국계 기관에서 근무합니다."

"그렇군요. 가족과 함께 오셨죠?"

"네, 난생처음 가족과 함께 일본에 왔어요."

앞으로 몇 번이나 오고 가야 할 교토역의 통로와 호텔 가는 길을 기억해두기 위해 역무원의 맑은 눈을 가끔씩만 쳐다보며 대화를 이어갔다.

"일은 끝나신 거죠?"

"네, 그렇습니다."

"죄송합니다. 일도 끝나셨는데 이렇게 안내까지 해주셔서……"

"괜찮습니다."

하루 일과를 마치고 길 안내를 도와준 역무원은 대수롭지 않다는 듯 미소를 지었다. 역무원의 걷는 속도가 점점 느려졌다. 그러더니 이내 발걸음을 멈추고 한 손으로 정면의 표지판을 가리켰다.

"저 길로 가시면 K 호텔이 바로 나옵니다."

"저기군요. 감사합니다."

"천만에요. 즐거운 여행 하십시오."

역무원의 뒤를 따라 걸어오던 우리 가족도 활짝 웃으며

감사의 인사를 했다. 하치조구치라는 표지 앞에서 금방 K 호텔의 위치를 찾을 수 있었다. 뒤를 돌아보니 역무원은 이미 저만치 멀어져 있었다.

교토와의 만남은 뭔가 운명적인 느낌이 들었다.

* * *

"교토 같은 사람, 교토와 잘 어울리는 사람이에요. 아마 돌아오기 싫을지도 모르겠군요."

내게 이렇게 말한 일본인 강사가 있다. 교토 같은 사람이란 어떤 사람을 두고 하는 말일까? 교토 출신은 아니지만 교토를 좋아하는 그녀는, 교토의 미덕을 사람의 모습으로 바꾸면 아마 내 모습쯤 될 것 같다고 했다. 자신이 마음 깊이 동경하는 사람이라고도 했다. 어떤 도시인지 몹시 궁금해져서 꼭 한 번쯤은 교토에 가야만 할 것 같은 생각에 사로잡히곤 했었다.

휘둘리지 않는 나만의 페이스가 있는 사람, 부드럽고 차분하지만 내면의 강인한 의지가 느껴지는 사람, 좋아하는 것은 많지만 절제할 줄 알고 외면의 화려함보다는 내면의 아름다움을 가꾸려는 사람, 가볍고 튀기보다는 신중하면서도 인내

심이 강한 사람, 그런 사람이 교토 같은 사람이라고 생각한다는 말을 그녀는 하곤 했었지. 일어의 와비사비(わびさび)[5]라는 말로 대신할 수 있다고도 했었는데. 보라색 노면 열차 혹은 두 칸짜리 전차인 란덴열차를 타고 아라시야마에서 시내를 통과할 때 그 말이 떠올랐다.

좁은 기찻길에서 찻길로 노선이 이어지는 란덴열차는 봄옷으로 갈아입은 듯했다. 전차의 내부는 온통 벚꽃 장식으로 치장되어 있었다. 역 주변에 펼쳐진 일상의 공간들을 엿보았다. 벚꽃이 막 피어나기 시작한 길가의 나무들, 빨랫줄에 나란히 널린 옷가지들, 그 공간을 채워주는 사람들이 있었다. 빵이나 꽃이 든 종이가방과 함께 자전거를 타고 건널목을 건너는 아주머니, 가게의 진열대 앞에서 물건을 구경하는 중절모 쓴 노신사, 강아지를 데리고 산책 나온 할머니가 일상의 풍경을 만들어가고 있었다. 삶의 방식이 드러나고 있었다.

그들의 일상은 차분한 교토의 공기와 어우러졌다. 만일 교토 일상의 풍경 속에 내가 있다면 어떤 모습을 하고 있을까. 조용한 집에서 글을 쓰고 그림을 그리며 아침마다 골목길을 산책하고 좋아하는 빵집에 들러 주인할머니와 이야기를 나누고 꽃가게에서 꽃을 고르며 미소 짓고…… 일상을 공유하고 싶은 마음이 들게 만드는, 기분 좋은 도시, 내 걸음을 멈추게 하는 도시였다.

아주 잠깐 다녀왔을 뿐이지만 파스텔처럼 연한 색이나 단정한 무늬의 옷을 입은 도시를 만난 것 같았다. 아무래도 편애하는 도시 중 하나가 될 것 같은 기분이 든다. 교토는 그렇게 내 마음속으로 들어왔다.

즐겨찾기

외국에 사는 동료가 서울에 온다는 연락을 받았다. 이번엔 어디서 만나지? 서울 지도를 쫙 펼쳐봤다. 많이 들어 익숙한 장소들인데도 아직 가본 적 없는 곳이 수두룩했다. 동네 이름 옆에 나란히 표기되어 있는 지하철 역 이름을 가만히 들여다보니 내려본 적 없는 곳도 많았다. 볼펜을 꺼내 내가 자주 다니는 곳에 점을 찍어봤다. 광화문, 삼청동, 직장과 집 근처 동네, 전시회장과 음악회장이 있는 곳, 카페, 빵집…… 몇몇 지역에만 점이 몰려 지도에 구멍이 날 지경이었다. 6호선을 벗어나자 역이름조차 낯선 곳이 많았다. 버스 정류장도 마찬가지였다.

문득 깨달았다. 내 취향의 지도란 작지만 틀림없는 행복들이 손짓하는, 밥은 적당히 때우더라도 보고 싶은 그림은 봐야 하는, 그런 내가 모아둔 즐겨찾기의 조합으로 이루어져 있다는 것을. 자꾸 색다른 길로 들어서야 새로운 풍경과 수많은 취향을 만날 수 있다고는 하지만 내 지도는 여전히 같은 곳이 까만 점으로 뒤덮일 것이다. 그게 참 마음에 든다.

내 취향의 사치

나는 돌잡이 때 주저 없이 연필과 공책을 선택했다고 한다. 아기가 의미에 대해 알 리 없지만 돈이나 떡이 아닌 연필과 공책을 고르더란다. 그래서 쓰는 것을 좋아하는 내 기질이 돌잡이에서부터 드러난 것이라고들 말한다.

자판과 화면이 업무용 도구라면, 그 외의 시간에는 연필이든 펜이든 붓이든, 손으로 쓰는 필기도구를 멀리하지 않으려 한다. 자판 위에서 손을 바삐 놀릴 때보다는 펜을 쥐고 종이에 써 내려갈 때 인간적인 기분이 든다.

근사한 만년필 한 자루는 내 오랜 꿈이었다. 그날따라 자주 가는 서점에 날렵하고도 매끄러운 자태로 고급스런 색감을 뽐내며 남다른 아우라를 발산해 주변을 기죽이는 만년필이 있었다. 너무 도톰하지도 얇지도 않고 그립감도 뛰어날 것 같은 그런 제품.

'이건 꼭 사야 하는데.'

하지만 눈을 씻고 봐도 0의 개수가 너무 많았다. 뚫어지게 들여다보고 있는데 점원이 다가왔다. 그러더니 한번 써보라고 펜과 종이를 들이민다. 펜을 쥐자 역시나, 손 안에 착 감기는 맛이 일품이었다. 자그마한 굳은살이 박혀 있는 오른손의 가운뎃손가락마저도 펜의 몸체에 편안하게 밀착되었다. 사각사각 종이에 글을 새기는 소리에 기분까지 좋아졌다.

"어머, 글씨 참 잘 쓰시네요! 이참에 한 자루 구매하시죠. 한정판인데, 가성비에 분명 만족하실 겁니다. 손님 글씨가 훨씬 돋보여요!"

확실히 내 필체가 더 근사해 보이는 것 같기는 했다. 조선의 임금 정조의 주장에 따르면 필체와 문체로 사람의 성품이 드러난다고 했다. 그렇다면 저렇게 멋진 펜으로 나 자신의 정체성이 조금 더 돋보일 수 있다면 그것도 괜찮은 방법이 아닐까. 그러나 그날도 매장을 기웃거리다가 끝내 발길을 돌렸다. 내겐 나를 옥죄는 물건은 가급적 집 안에 들이지 않는다는 나름의 원칙이 있다. 그리고 그 돈이면 괜찮은 만년필 수십 자루나 큼지막한 색연필 세트 몇 개를 구입하고도 남는다는 합리적인 변명거리도 있었다.

글씨 못 쓰는 사람이나 필기도구 탓을 하는 거라고 주장하며 여전히 저렴한 볼펜으로 연명(?)하고 있었지만 그렇다고 만년필에 대한 동경이 식어버린 것은 아니었다. 그림을 그릴 때 펜이나 색연필도 좋지만 붓펜의 묘미도 대단하다. 붓펜의 굵기, 누르는 손가락의 압력, 손놀림에 따라 선과 배경의 느낌이 달라진다. 그만큼 필기구에도 미세한 감각의 차이가 엄연히 존재한다. 그래서 만년필로 글씨를 쓰면 붓펜과는 또 다른 손맛을 느낄 수 있지 않을까 상상했다.

하얀 깃털이 달린 펜촉에 잉크를 묻혀 서걱서걱 소리를 내며 노란 등잔불 밑에서 양피지에 글씨를 긁는 그런 오묘함이 어느 영화의 화면을 통해 전달되었다. 영화는 간신히 잠재운 만년필에 대한 나의 애정에 기어코 불을 지피고야 말았다.

나는 벼르고 벼르던 일을 드디어 감행했다. 만년필 매장에서 마음을 빼앗긴 제품과는 비교도 안 될 만큼 저렴하고 단순한 것이었지만 부드럽고 경쾌한 촉감에 흰색의 매끈한 실루엣을 자랑하는 제품이었다. 만년필 뚜껑에는 내 이름을 은빛 필기체로 새겨 넣었다.

"순간의 선택이 십 년을 좌우합니다."

한때 골드스타(금성)라고 불렸던 전자회사의 TV 광고처럼 아주 오랜 시간 동안 내 손과 하나가 되어 습작의 시간을 함께할 친구 하나를 오늘 선택했다.

착한 곰탕

매서운 칼바람이 피부를 뚫고 들어오는 듯한 혹독한 추위에는 허해진 마음과 속을 데워줄 음식이 간절해진다. 그런 날에는 뜨끈뜨끈한 국물이 있는 곳으로 발걸음이 향한다. 그래서 목도리로 얼굴을 칭칭 감고 출출한 배를 부여잡으며 곰탕집으로 들어가는 사람들의 발걸음이 분주하다.

　뜨거운 김이 올라오는 맑고 순한 국물을 후후 불어 목구멍으로 후루룩 넘긴다. 깔끔하고 시원한 국물 맛에 '아, 어' 하는 감탄사가 저절로 나온다. 밥공기 가득 담긴 하얀 쌀밥을 국물에 말아 숟가락으로 뜨고, 그 위에 살코기와 깍두기를 얹는다. 한 입 가득 넣고 씹으니 아삭거리는 깍두기 소리와 고기의 야들야들한 식감, 뽀얀 밥이 한데 어우러져 대만족. 모두들 곰탕을 한 그릇씩 싹싹 비워낸다. 여기까지는 내가 가끔 가는 곰탕집의 이야기다.

어떻게 하면 이렇게 맛 좋은 곰탕을 만들 수 있을까, 먹을 때마다 궁금했다. 그런데 대단한 명성을 누리고 있는 어느 곰탕집 주인이 한 매체에 그 비결을 공개했다. 이야기인즉 신선한 한우의 양지나 사태 등 곰탕에 들어가는 고기를 선별하는 과정부터 남다른 정성을 기울인다고 했다. 또한 기름과 핏덩어리를 떼어내 아주 깔끔한 국물을 만든다. 장시간 국물을 끓여 불순물을 제거하고 천일염으로 간을 맞춘다. 역시나 국물 맛에 큰 공을 들이고 있었다. 게다가 밥맛을 좋게 하기 위해 수십 번 쌀을 씻고, 곰탕의 맛을 완성시키는 깍두기는 직접 농사지은 고춧가루와 양념을 넣어 담근다는 것이었다. 변함 없는 맛을 찾아 손님들의 발길이 끊이지 않고 있었다. 그 곰탕집은 '착한 곰탕'으로 유명세를 탈 수밖에 없었다.

사실 그 곰탕집에서 비결이라고 공개한 것은 아주 특별하다고 할 만한 것은 없었다. 오히려 고집스러울 정도의 원칙과 정성, 집념과 진정성이 이뤄낸 걸작이었다.

오늘도 흰 종이의 빈 공간을 까만 글자로 물들여간다. 작가가 되겠다고 결심한 적은 없었다. 읽고 쓰고 그리는 것이 취미가 되었고 시간이 흐르면서 습관처럼 굳어졌고 마침내 자연스럽게 책으로 나왔을 뿐이다. 하지만 곰탕을 푹 고아내듯이,

원고에 나의 영혼을 새기겠다는 각오로 펜을 움직인다. 그렇게 꾸준히 글을 쓰다가 어느 정도 분량이 되면 출판사에 직접 투고한다. 원고 청탁을 받고 빚쟁이에 쫓기듯 글을 쓰고 싶지 않기 때문이다. 더군다나 유유자적한 것을 좋아하는 나의 성향과 맞지 않는데다가 무엇보다도 글에 정성을 쏟고 싶기 때문이다. 지금까지 출간된 나의 책들은 투고한 원고를 출판사 측에서 채택해 기획된 것이었다. 고집스러울 정도로 문장의 흐름은 물론, 단어, 쉼표와 조사, 오탈자 등에도 주의를 기울여 좀 더 완성도 높은 원고를 만들어내고 싶다. 느긋하게 주변을 관찰하고 어떤 단상이 떠오르면 비로소 써내려가는 나만의 세계를 구축하고 싶다. 또한 명화 이야기, 내가 그린 그림과 나의 이야기가 담긴 에세이, 아주 짧은 분량이지만 소설 등 나름의 도전을 하며 글을 쓰고 있다.

쓸수록 아쉽고, 고통스러운 순간도 많지만 모니터와 노트를 까만 글자로 채워가다 보면 그 시간은 순한 마음으로 물들어간다.

너는 너야

예닐곱 살 때쯤이었다. 같은 반에 아주 부자인 친구가 있었다. 드레스풍의 원피스를 자주 입고 요즘으로 치면 유명 캐릭터가 그려져 있는 고급 학용품을 쓰고 가끔은 기사 아저씨가 바래다 주던 아이였다. 다른 친구들은 그 아이 집안의 재력을 어디서 들었는지 그 집엔 컬러 TV, 큰 냉장고, 자동차 등등 없는 게 없다며 한번 이야기가 시작되면 놀러 가기를 학수고대했다.

어느 날 그 아이는 집으로 몇 명을 초대했는데 나도 초대를 받았다. 동네마다 작고 평범한 한옥이 많았던 시절, 과연 소문대로 그 아이의 집은 양옥에, 넓은 정원까지 딸린 근사한 외관을 자랑했다. 친구들은 모두 흩어져 집안 여기저기를 구경했다. 나는 거실에 진열된 난생처음 본 컬러판 동화책 전집 앞에서 무언가에 홀린 듯 서 있었다. 아직 펼쳐보지도 않은 새 동화책들이 안타까웠던 기억, 그러다 결국 실컷 책만 읽고 돌아왔

던 기억이 난다. 그날 나는 심드렁한 듯 엄마에게 이렇게 말했
다고 한다.

"그 친구네는 부자예요."

그냥 그 한 마디였다. 다른 친구들의 부모님은 도대체 뭘
보고 왔길래 아이들이 이것저것 사달라고 조르느냐며 진땀을
뺐다고 했다. 반면에 별 반응이 없던 나는 '부잣집 친구네 방문
기' 이후로 의젓하다, 애어른 같다는 말을 주변 어른들로부터
자주 듣게 되었다.

나는 되도록 눈에 띄지 않는 옷과 물건들을 산다. 흔한 명
품 가방이나 구두, 보석 같은 것에 욕심도, 관심도 별로 없는
것도 바로 그 때문이다. L사의 가방이 한참 유행했을 때도 여
전히 내가 들기 편한 단출한 가방을 가지고 다녔다. 신경 쓰일
것은 몸에 지니고 다니지 말자는 주의여서 심플한 것, 실용적
인 제품을 선호한다. 그러지 않으면 남의 옷을 입은 듯 불편할
것만 같다. 조르주 페렉의 《사물들》에 나오는 주인공들처럼
물건에 대한 열망에 내 삶을 저당 잡히고 싶지는 않다.

가능한 한 주변을 의식하지 않고, 남들과 비교하지 않으
려 한다. 그러다 보니 지금까지 남을 부러워한 적이 별로 없었

다. 남들 다 하니까 해야 한다, 하고 싶다, 라는 생각보다는 나만의 페이스가 좀 더 중요했다. 누군가 옆구리를 찔러도 내 마음이 동하지 않으면 (상대가 겸연쩍어 할까 봐 일견 수긍하는 듯하지만) 결국 나의 노선을 탄다. 오지랖이 넓지도, 귀가 얇지도 않은 편이다. 누군가 여행을 간다고 하면 거긴 꼭 가야 한다거나 먹어봐야 한다거나 추천한 적이 거의 없다. 기어이 추천을 해달라고 하면 나는 여기가 괜찮았어, 라고 한 마디 건넬 뿐이다.

그런 성향은 취미와도 연결되어 있다. 유행하는 취미에 기웃거리기보다는 내가 좋아하는, 꾸준히 해오고 있는 것들을 계속한다. 누군가는 내 취향이 근사하다고 했지만 그런 말을 듣기 위한 것은 더더욱 아니다.

일본 가수 스맙(SMAP)의 '君は君だよ(너는 너야)'라든가 우리의 옛 가요 '내 인생은 나의 것' 같은 가사를 가만히 음미해보면 너 자신을 알라는 소크라테스나 너 자신이 되어야 한다는 니체의 철학을 쉽게 요약해놓은 듯하다.

자신에 대한 무지와 남들의 시선은 보이지 않는 줄이 되어 우리를 조종하곤 한다. 그 줄에 속박되어 산다면 꼭두각시와 다를 바 없지 않을까. 나답게 사는 것이 진짜 인생 아닐까. 자기 자신을 파악하고, 있는 그대로의 자신을 존중하는 마음을 가지며, 내가 선택한 내 인생에 후회하지 않고 책임을 질 줄 아는 삶. 쉽지는 않겠지만 되도록이면 내가 좋아하는 일을 하고, 무엇을 할 때 내가 행복한지 발견하고, 인생에서 무엇을 추구하는지 깨닫는 그런 삶. 나는 과연 내 삶의 주인으로 살고 있을까?

나 자신의 모습으로, 나만의 색을 갖고 살아갈 때 나는 나답다.

함부로, 내 멋대로

전자 기기를 사도 10년은 거뜬히 사용하는 나는 아주 오래 전엔 책을 사면 행여 표지가 상하기라도 할까 종이 포장지로 싸두었었다. 독서 중에 메모를 하고 싶을 땐 책에 낙서하는 것이 싫어 되도록 메모지에 적어 끼워두곤 했다. 그러다 어느 순간부터 책을 고이고이 대하던 습관을 버리게 되었다. 이제 책 귀퉁이를 접는 건 대수도 아니다. 중요하다고 생각되는 부분은 과감히 책장을 반으로 접기까지 한다. 게다가 밑줄을 긋고, 메모하고, 적극적으로 낙서를 한다. 대신 볼펜은 잉크가 뭉쳐서 요즘엔 연두색 형광펜을 사용한다. 그리하여 책은 유일하게 함부로 다루는 물건으로 거듭(?)났다.

"너는 어쩜 그렇게 목표를 세우면(세웠는지 모를 때가 많지만) 다 이루는지, 정말 부러워."

그러나 고백하건대 책을 사랑하는 내가 아직 엄두를 내

지 못하는 일이 있다. 책 목록과 줄 쳐둔 문장을 모조리 파일로 만들어두겠다는 아주 야심 찬 목표다. 대부분 적어두지만 어느 책에서 본 문장인지 가끔 까맣게 잊어버린다거나 이미 산 책을 또 사버려서 난감했을 때 떠오른 아이디어다. 사실 다치바나 다카시처럼 어마어마한 책을 보유한 것도 아니고 작은 방에 책장 몇 개 세워두었으면서 목록 하나를 여전히 만들지 못하고 있다니, 책이 너무 많다는 핑계로는 어물쩍 넘어갈 수 없다. 물론 시작하려고 파일을 열었다 닫았다 한 적은 여러 번 있다. 그런데 문제는 쌓여가는 책의 속도가 목록 작성을 훌쩍 앞선다는 이유 때문에 매번 난관에 부딪친다(제대로 시작도 안 했으면서 핑계가 좋다).

종종 새 책들을, 엄마의 표현에 따르면, '모이처럼 실어나른다'. 어쩌다 펼치게 된 책 속에서 뭉클한 문장 하나만 발견해도 계산대로 쪼르르 달려간다(아뿔싸, 지난번에도 비슷한 책을 사지 않았나? 집에 돌아와 뒤늦은 자각을 할 때도 있다). 가방에는 늘 천으로 된 장바구니를 넣어둔다. 가끔 장을 볼 때도 있지만 주로 서점에서 책 '사냥'을 할 때 안성맞춤이다. 종이 쇼핑백은 찢어질 수 있기 때문에 천으로 된 장바구니가 훨씬 안전하다. 그렇다고 방심할 수만은 없다. 장바구니도 여기저기 찢어지고 구멍이 나서 못 쓰게 되는 경우가 있다. 행동 반경 내에 서점이 있으면 일단 들어가야 직성이 풀린다. 그냥 지나가면 숙제를 안 한 듯한 찜찜한 기분이랄까.

심심하면 인터넷 서점을 배회하며 읽고 싶은 책들을 장바구니 안에 담는다. 별 생각 없이 마우스 휠을 굴리고 딸깍딸깍 클릭하다 보면 장바구니가 꽉 차 있다. 한 열 권쯤 되나, 하고 장바구니에 들어가 보니 이러다간 한 달치 월급쯤 순식간에 날릴 기세다. 결국 아쉬운 손놀림으로 장바구니에서 하나씩 삭제한다.

팔랑팔랑 책장 넘어가는 소리가 좋다. '이 책 다 읽고 싶은데, 다 끝내야 하는데' 하면서 아쉬움에 시계를 보면 자정을 훌쩍 넘기기 일쑤이지만 다음 스토리가 궁금해 차마 책장을 덮지 못하고 책을 만지작거린다. 내일 또 일찍 출근하려면 이제는 잠자리에 들어야 하는데. 약간 늦게 자도 괜찮잖아? 조금 피곤하긴 하겠지만 잠시만 참으면 돼. 그렇게 갈팡질팡하다가 결국 다음 페이지를 넘긴다. 욕심내어 읽고 싶은 책을 전부, 다시, 그리고 깊게 읽으려면 아마도 직장과 영영 이별해야 할지도 모른다.

도대체 어쩌다 내 멋대로 이런 길고도 긴 짝사랑을 하게 된 것인지 곰곰 생각하게 된다. 작은 방 구석에 앉아 무릎에 책을 올려놓고 꼼짝하지 않은 채 눈동자만 옆으로, 아래로 굴리다 아직 채 소화가 되지도 않은 음식 때문에 뱃속이 꿈틀거리면 이 짝사랑의 끝에 과연 무엇이 있을지 궁금해진다.

몇 톤은 되고도 남을 책 무게만큼의 지식을 나는 다 받아들였을까. 누군가의 삶을 오롯이 이해했을까. 세상을 그만큼 아는 걸까. 아니, 그게 과연 가능할까. 그래도 나는 이 사랑을 멈추지 못할 것이다. 사람들과 서로 덜 어긋나고 인생을 덜 헤매게 될 거라 확신하면서.

"내 이 세상 도처에서 쉴 곳을 찾아보았으되 마침내 찾아낸, 책이 있는 구석방보다 나은 곳은 없더라."

_토마스 아 켐피스

다행이다

귀찮아.

　내 입에서 좀처럼 나오기 힘든 말이다. 뭐든 제때에 해결해야 하고 미루는 법이 거의 없는 나다. 그런데 지금은 사정이 전혀 다르다. 열이 38도까지 올랐다. 온몸이 무지근하다. 살이 떨리고 몸이 부서질 듯 여기저기가 쑤신다. 배도 아파 꼼짝 못하고 누워 있다. 천장이 빙글빙글 돌고 머릿속은 지끈지끈하다. 귓속도 멍멍하다(손가락 하나 까딱하기 싫으면서도 끄적거리고 있다). 사실 전조가 있었다. 엊그제부터 열이 났다 가라앉기를 반복했고 몸도 으슬으슬 추워졌다 괜찮아졌다를 반복했다. 그걸 무시해버렸더니 몸이 내게 엄중히 경고를 한다. 그래도 병원은 사절이니 어디 끝까지 한번 버텨보자, 하는 마음이었는데 팔다리가 흐느적흐느적, 마음대로 움직여지지 않는다. 얼마 전 입원했다는 지인은 얼마나 힘들까. 불현듯 세상의 모든 아픈 사람들에게 동정심 내지는 동병상련을 느낀다.

흐늘거리는 몸으로 해열제와 소화제를 꺼냈는데 포장에 이렇게 써 있다.

'일정량을 복용하시오.'

지금 같은 상황에서 일정량이란 과연 몇 알일까. 이마가 펄펄 끓으니까 적어도 두 알쯤? 배가 많이 아프니까 역시 두 알 정도? 그럼 합쳐서 네 알? 일정량이라는 말은 참 애매하기 짝이 없다. 에라, 모르겠다. 결국 네 알을 꿀꺽, 삼키고 소파에 풀썩 앉는다. 앉으면 으레 음악 프로그램을 틀게 마련이다.

나는 애당초 음악과 불가분의 관계라는 걸 일찌감치 알고는 있었다. 통증이 온몸을 관통하는 듯한 상황에서도 아까부터 계속 귓속에서 윙윙 울리는 소리가 있었으니, 요 며칠 내내 주야장천 들었던 길버트 오설리번의 'Alone again(얼론 어게인)'과 칼 오르프의 'Carmina Burana(카르미나 부라나)' 중 '오 운명의 여신이여(O Fortuna)'였다. 저 깊은 바다까지 떨어뜨리는 가사의 '얼론 어게인'에 초인적인 힘을 뿜어 공중부양시키는 '카르미나 부라나'라니, 병 주고 약 주는 컴비네이션이다.

몸은 욱신거리고 머리는 빙빙 돈다. 마치 날 조롱하듯 현실이 다가와 거의 손대지도 않고 산산조각 내버렸다가(얼론 어게인) 심장을 쿵쿵 두드리는 강렬한 멜로디가 뒤따르면(카르미나 부라나) 천장이 바닥까지 주저앉았다가 별안간 용솟음친다. 이상한 나라의 앨리스처럼 환상 세계를 누비고 다닌다. 혹시 이건 감기약 때문인가. 이럴 바엔 차라리 그 소리들에 흠뻑 빠져보는 게 낫겠다. 다시 자리에 누워 아무 생각도 하지 않고 소리의 소용돌이에 나를 맡겼다. 더 이상 아무 소리도 들리지 않을 때까지.

* * *

밖은 이미 어둑어둑하다. 소리의 광란 속에서 까무룩 잠이 들어버린 모양이다. 굳이 코를 쿵쿵거리지 않아도 집 안에 퍼지는 구수한 냄새. 엄마가 잣죽을 쑤고 있다. 내 상태를 살피는 엄마의 세심한 손길이 오늘따라 눈물 나게 감사하다.

어린 시절에는 엄마 손만 닿으면 마술처럼 짠! 하고 나타나는 음식이 신기했다. 밥상에 올라온, 입맛에 딱 맞는 그 음식이 사실은 불 앞에서 땀 흘리며 정성스레 만든 음식이란 걸 나중에야 깨닫다니.

잣죽 한 그릇을 꾸역꾸역, 그러나 깨끗이 비웠다. 아파도 먹어야 일어난다는 엄마의 지론은 삼십대를 훌쩍 넘기면서부터 나의 지론이 되었다. '카르미나 부라나'를 CD 플레이어에 걸어 거실에 울리게 한다. 지난 겨울 엄마와 함께 자르고 꿀에 개면서 힘들여 담근 유자청에 뜨거운 물을 부어 조금씩 마셔본다. 음, 상큼하다. 아직 몸은 욱신욱신하지만 열은 내린 것 같다. 음악에 취해, 감기약에 취해 잠이 들어버렸는데 이제 머릿속도 개운하다. 엄마의 마음처럼 따끈하고 부드러운 잣죽과 음악 두 곡은 그렇게나 나를 괴롭힌 몸살을 낫게 한 처방이었다.

다행이다. 엄마와 음악이 있으니. 정신 차리라고 경고해주는 건강한 신체가 있고 이렇게 지독한 몸살을 이겨낼 힘이 있으니.

혹시 롤라장?

"혹시 롤라장?"

전혀 예상하지 못한 질문이었다.

모던 토킹의 'Brother Louie', 런던 보이즈, 비지스, 데뷔드 스와레 같은 그룹의 유로 댄스 제목과 릭 애슬리의 노래 몇 곡을 나열했을 뿐인데. 롤라장이 어떻게 생겼는지도 모르는 내가 그런 질문을 받으리라고는 생각도 못했던 것이다.

롤라장과는 거리가 멀다는 사실을 알게 되자 선배는 내게 실례했다며 대신 아하, 웸, 케니 로긴스, 뉴 키즈 온 더 블록 등의 음악에 대해 재미있는 해석을 들려주었다. 경쾌한 댄스곡 이야기가 나온 김에 나는 영화 〈풋 루스〉, 〈더티 댄싱〉, 〈토요일 밤의 열기〉의 주제곡 이야기를 했다.

배틀은 그렇게 시작되었다. 배틀이라는 말이 흔해지기

훨씬 전에 나는 직장 선배와 음악(을 누가 더 많이 아는가)을 두고 배틀을 했던 것이다. 음악에 지대한 관심이 있는 우리는 마주치기만 해도 노래의 제목이나 가수, 연주자의 이름, 그들의 연주에 대해 이러쿵저러쿵 이야기를 나눴다. '그 음반 들어보셨어요?' 하며 질문하듯 이야기를 시작하고 슬며시 아는 척을 하다가 그건 몰랐을 거다, 하는 듯한 모종의 으쓱함으로 끝이 나곤 했다.

어느 날 나는 선배에게 말했다.

"어제 베토벤의 피아노 협주곡 5번 〈황제〉를 아르투로 베네데티 미켈란젤리 버전으로 들었는데, 역시 명불허전이에요. 폴리니, 아르헤리치, 베레조프스키의 연주도 좋고요. 어쩜 연주 하나하나가 다 달라요. 그런데 미켈란젤리는 폴리니의 스승이었는데도, 제자의 연주가 형편없다고, 아르헤리치가 최고라고 했대요."

"흠, 제가 클래식에는 좀 약하지만 그런 명반이라면 JBL이나 로저스 정도는 갖춰놓고 들어야 할 것 같은데요."

클래식으로 도전장을 내민 내게 선배는 내가 잘 모르는 오디오 스피커 이야기로 화제를 전환했다. 약간 코너에 몰린 나는 샹송 이야기를 꺼냈다. 그랬더니 선배는 샹송 하면 에디

트 피아프 정도만 안다며 이번에도 스피커에 대한 설명을 장황하게 늘어놓았다.

뭔가 공통점을 찾아내야겠다는 생각에 나는 일본 노래로 유도했다.

"안전지대의 'あなたに(당신에게)' 아시죠? 타마키 코지처럼 꾸준한 가수는 참 보기 좋아요."

"안전지대? 들어는 본 것 같은데, 저는 스피츠나 비즈 쪽이에요."

당시만 해도 내가 모르는 그룹이었다. 결국 튜브의 마에다 노부테루로 합의(?)를 봤다. 이후로도 선배와 나는 업무 이야기가 끝나면 틈나는 대로 음악 이야기를 주고받았다.

돌아보면 그런 배틀이 처음은 아니었다. 학창 시절에는 성우 배틀도 했다. 성우의 이름이나 목소리에 대한 철저한 분석은 기본이고 연기에 대한 평가, 그리고 영화의 가상 캐스팅까지 했다. 그런가 하면 영화 배우와 영화 제목 배틀을 신청(?)해 온 친구도 있었다.

하지만 선배와의 음악 배틀은 적당한 긴장감을 주었고 음악을 더 찾아 듣게 만들었다. 지금은 그 정도로 음악에 지대한 관심을 가진 사람이 주위에 없어서 그때 그 시절이 그리울 때가 있다. 가끔 듣는 모던 토킹의 노래는 순식간에 나를 배틀의 시간으로 자연스레 보내준다. 마주칠 때마다 음악으로 인사를 대신하던 그 시절로.

어쩌면 지금도 그 선배는 어디선가 배틀을 하고 있을지 모른다. 'No Music, No Life'라는 슬로건처럼 음악이 있기에 삶은 그래도 살아볼 만한 그 무엇이 된다.

풍선

끊임없이 숨결을 불어넣으면
이루어지는 줄 알았다.

쪼그라들어도 다시 부풀리면
되는 줄 알았다.

현실이라는 바람에 실려
터무니없이 날아가기 전까지는.

그렇게 내 손에서 빠져나가버렸다.
내 것이 될 거라고 믿었으나
내 것이 아니었던 모든 것은.

일상의 내공

2kg, 4kg, 6kg……

거울 앞에서 서서 자신의 모습을 정면으로 마주한다. 자세를 바르게 하고 동작 하나하나에 집중한다. 조금 익숙해지면 덤벨의 무게를 조금씩 올려본다. 덤벨을 들었다 내릴 때 의식적으로 조절하려고 노력하던 날숨과 들숨은 시간이 흐를수록 자연스럽게 조절된다. 어제의 생각으로 어지럽혀진 머릿속을 비우고 호흡과 동작에만 집중한다. 숨을 쉰다는 것은 바로 이런 거구나, 새삼 느낀다.

무겁고 차가운 덤벨 덩어리를 들었다 났다 하는 동안 몸은 따듯해지고 서서히 땀이 나기 시작한다. 덤벨의 무게를 올리고 반복하는 횟수가 늘어날수록 근육이 조금씩 붙어가고 근력 자신감도 커져간다. 긴장감이나 타는 듯한 느낌 때문에 팔과 다리, 허벅지를 지나 온몸에는 작은 소란이 일어나는 듯하다. 그러나 지방을 연소시키고 근육을 단련하면 사라져가던 열정마저 오히려 다시 샘솟는다.

무게가 30㎏에 육박하는 바벨을 반복하여 들어올릴 때는 마치 클라이맥스를 향해 활을 당기는 바이올린 연주자의 현란한 손과 끊어질 듯이 팽팽한 현(絃)처럼 온몸의 긴장감이 극도에 달한다. 30㎏이라는 무게는 역시 쉽고 빠르고 편하게 도달할 수 있는 수준의 것이 아니다. 운동 고수들의 손에 박혀 있는 굳은살과 근육의 단단함은 초승달이 보름달이 되고 꽃이 피었다가 함박눈이 내리는 동안 묵묵하고 꾸준하게 단련한 흔적임을 새삼 깨닫는다.

우리의 하루하루도 근력 운동과 비슷하지 않을까. 덤벨의 무게를 조금씩 높이며 근육을 붙여가듯 힘들고 괴로운 일에 차츰 적응하고 일상의 내공을 쌓아가면서 행복으로 한 발, 한 발 다가간다.

오랜 친구

강산이 변하고도 남았을 8년이라는 제법 긴 시간 동안 3G 슬라이드형 핸드폰에 생명을 부여했다. 지하철에서 버튼식 자판을 누르며 문자라도 보낼라치면 옆에 앉은 사람들은 무슨 신기한 골동품을 보듯 내 핸드폰을 뚫어져라 쳐다보곤 했다. 목적지만 입력하면 지하철의 어느 칸에서 타야 하고 이동 시간이 얼마나 걸리는지까지 친절하게 알려주는 애플리케이션도 내 휴대폰에는 무용지물이었다.

'웬만하면 하나 사시죠?' 주변의 권유에도 불구하고 근근이 사용하던 어느 날 내 핸드폰의 자판은 수명을 다했고, 부품 재고가 없어 수리조차 할 수 없었다. 결국 스마트폰을 구입했지만 나는 여전히 종이에 적은 주소를 들고 눈으로 표식을 더듬으며 내 방향 감각에 의존해 목적지를 찾곤 한다.

어린 시절 운동화의 밑창이 헤져 비가 새는 듯하면 그제야 하나 사 주세요, 했다고 엄마는 가끔 이야기한다. 물건을 소중히 다루는 편이라 시간이 한참 지나도 여전히 쓸 만한 경우가 많다. 정말 쓸모를 다한 물건이 아닌 이상 허투루 버리지 않으려 한다. 그래서 내가 가지고 있는 물건들은 오래된 것이 많다.

쉽고 빠른 것 대신 때때로 불편을 감수하며 사는 것은 나의 어쩔 수 없는 면인데, 그런 불편함과 약간의 고집스러움이 오히려 나를 지탱해준다고 믿는다. 클래식 음악이 시간을 초월해 오래 사랑받는 것처럼 유행을 타지 않고 오래 버텨내는 것들을 좋아한다. 나의 시간과 이야기, 향수가 어려 있는 정든 물건들은 그저 그런 구닥다리가 아니며, 새 것이 줄 수 없는 편안함을 지니고 있다.

오래된 것은 든든한 친구 같다. 화려하거나 신선하지는 않지만 늘 내 곁에서 묵묵히 나와 함께 시간의 강을 건너간다.

나의 하루는

이를 테면 나의 하루하루는 이랬다.

직장에서 크고 작은 행사를 치렀다.
언제나 책 주위를 맴돌았고
스케치북에 순간을 담았으며
귓가에 번지는 음악에 마음을 놓았다.
전시와 공연, 영화가 있는 곳에서 시간은 다정하게 흘렀다.
맛있는 핫초코가 있는 아담하고 정겨운 카페와 달달한 마카롱
가게들을 발견할 때마다 삶이 내 편 같았다.

달력을 또 한 장 넘기며
이따금 견디기 벅찬 하루 앞에 무엇이 있는지 알 수 없고,
어찌할 수 없으니 도리어 더 살아볼 만한 것이라고,
그러니 또 치열하게 살아보자고,

그런 게 바로 삶이라고
생각해본다.

해가 바뀌어도
나의 하루는 어쩌면 여전할 것이다.

당신

당신을 헤아리는 밤

손가락 하나 까딱하기 싫은, 아니 까딱도 할 수 없는 일요일이
었다. 팔, 다리, 어깨, 허리는 물론이고 발가락까지 욱신욱신
쑤셔서 몸을 추스르지 못했다. 약을 먹지 않고는 도저히 견딜
수 없는 데다가 다음날 출근을 해야 하니 어쩔 수 없이 카페인
없는 진통제를 꿀꺽 삼킬 수밖에.

"류마티스 관절염이라는 것은 자가면역질환입니다. 쉽게
말하자면 면역체계에 혼란이 와서 내 몸의 세포를 공격하는
것이죠. 이렇게 생각하시면 됩니다. 원인을 모르니 치료제도
없고, 한 마디로 항상 몸살을 달고 사는 상태와 비슷하다고 보
시면 됩니다."

엄마가 류마티스 관절염 진단을 받은 날, 나는 마음을 가
다듬고 자세한 내용을 다시 한 번 묻지 않을 수 없었다. 병원에

서는 더 이상 병이 깊어지지 않도록 하는 약을 처방해줄 수는 있지만 엄마는 체질상 그조차도 복용할 수가 없다고 했다. 고통의 정도를 측정하는 질문지에 엄마는 한계치인 10에 가까운 9와 8 사이에 동그라미를 표기했던 것으로 기억한다.

하루만 몸살을 앓아도 이렇게 힘든데 엄마는 그 긴긴 세월 동안 온몸에 달라붙은 몸살 기운으로 찌뿌드드하고 욱신거리는, 몸 속에 스며드는 바람 같은 고통을 견디고 버텨올 수밖에 없었다. 힘이 빠진 손가락으로 밥을 차려주고, 뭐라도 더 해주지 못해 미안해한다. 관절 마디마디가 쑤셔서 잠 못 이루는 밤에도 행여 자식이 잠에서 깰까 고통의 눈물을 삼킨다.

자식은 엄마의 세월을 갉아먹으며 자란다. 엄마라는 존재는 정녕 자신의 몸이 재가 되는 순간까지도 오로지 자식 생각뿐인가. 도대체 자식이 뭐길래. 그날 밤 엄마의 손을 가만히 잡아보았다. 나무껍질처럼 거칠고 마디가 굵어진 손, 엄마의 손. 수십 년의 일상을 함께했으면서 과연 한 번이라도 제대로 당신의 마음을 헤아려볼 수 있었는지.

누군가 내게 빛나는 아침 햇살 같은 사람이라는 근사한

말을 해준 적이 있다. 내가 햇살이라면 엄마는 햇살이 빛나도록 묵묵히 해를 밀어올리는 바다와 같다. 나는 바다를 비추는 햇살이 되고 싶다.

마음 근육

"헛(하나), 둘, 셋, 넷, 다쓰(다섯), 여쓰(여섯), 일곱, 여덟!"

출근길 직장 근처 자동차 영업소에서는 힘찬 구령이 흘러나온다. 소리가 나는 쪽을 바라보면 직원들이 양복 차림으로 준비 체조를 한다. 매일 아침 비록 짧은 시간이지만 체조가 끝나면 박수를 치며 서로를 격려한다. 오늘 하루도 여전히 힘들겠지만 최선을 다해보자는 일종의 의식이 아닐까 싶다.

어느 지인이 이런 말을 한 적이 있다.

"자동차 한 대 팔려면 정말 간, 쓸개 다 내놓아야 한다더니, 그 말이 맞더라고요. 막상 해보니까 파는 건 어떻게든 하

겠는데 손님들이 던지는 말 한 마디가 가슴을 푹 찌를 때가 많
거든요."

어디 판매 담당자들뿐이랴. 하루를 살다 보면, 타인은 지
옥이라던 장 폴 사르트르의 말을 절감할 때가 있다. 누군가가
쏜 뾰족하고 날카로운 언어의 화살이 날아와 마음을 찌르고
후비는 일이 그렇다. 침 튀기며 쏟아내는 언어의 화살, 아니 언
어의 창을 받아내지 못하면 상처를 입고 만다. 어떤 말은 잔상
처럼 남아 자꾸만 떠오르기도 한다.

인생의 선배들은 저마다 다른 대응법을 말하곤 했다. 고
슴도치처럼 가시를 세우고 정면으로 덤벼 되갚아줘야 한다고
도 했고 차라리 바람 빠진 풍선처럼 무기력하게 방관하는 게
편하다고도 했다. 아버지의 의견은 좀 달랐다. 언어의 창을 막
아내는 강철 같은 갑옷보다 용수철(龍鬚鐵) 같은 사람이 되는
게 낫다고 했다. 언제나 소나무처럼 강직하기만 한 줄 알았던
당신의 입에서 나온 말이었다.

중국 설화에 따르면 옛날 옛적에 하늘나라에서 가장 멋
진 동물을 뽑는 대회에 모인 다양한 동물 중에 용(龍)도 참가

했다. 용은 그 대회에서 트레이드 마크인 자신만의 수염을 길게 잡아당겼다가 놓았다. 그랬더니 수염이 제자리로 돌아가는 것이 아닌가. 탄력 있는 이 신기한 수염 덕분에 용은 가장 멋진 동물로 뽑혔다는 이야기였다. 용수철이라는 단어도 용의 수염이 제자리로 돌아오는 모습에 착안해 붙여진 이름이라고 했다.

누르고 또 눌러도 본래의 모습으로 돌아오는 탄력성을 지닌 용수철. 말 하나하나에 너무 예민하게 반응하지 말고 의연하게 나만의 페이스를 유지하라는 그런 뜻으로 받아들였다.

자동차 영업소 직원들의 준비 체조를 보다가 아주 오래 전 아버지의 그 말씀을 되새긴다. 매일 아침 체조를 하는 그들처럼 마음의 근육을 키워나가는 나만의 마음 체조를 해볼 요량이다.

배신

"꿀, 꿀, 꿀, 꿀입니다요, 꿀! 꿀수박이 왔어요!"

35도를 육박하는 더위에 그것은 참을 수 없는 유혹이었다. 가만히 있어도 등줄기에서는 땀이 줄줄 흐르고, 목이 타서 말 한 마디조차 꺼내기 싫은 그런 여름날이었다. 당장 지갑에서 돈을 꺼내들고 밖으로 뛰어나갔다. 꿀이라고 여러 번 강조한 수박장수 아저씨의 확성기 소리가 사람들을 끌어모았다. 아저씨는 마치 운동장에서 아침조회를 하는 교장 선생님처럼 용달차에 잔뜩 쌓아놓은 축구공만한 수박의 짙은 초록색과 진한 검은 줄에 대해 설명을 늘어놓기 시작했다. 이윽고 만면에 여유로운 웃음을 띠며 수박을 두드리는 기막힌 퍼포먼스와 함께 통통통 하는 소리가 경쾌하게 퍼져나가자 사람들은 와-하며 환호했다. 마침내 아저씨가 '가만 있자' 하면서 수박 하나를 골라 칼을 대자 수박은 너무나 잘 익었다는 듯 쩌-억 소리를 내며 정확히 반으로 갈라졌다.

"이거 물건입니다, 물건!"

아저씨는 새빨간 입을 벌린 수박을 조금씩 잘라 사람들에게 나눠주더니, 곧이어 옆에 있던 다른 수박 하나도 잘라서 맛을 보여주었다. 사람들은 하나둘씩 수박을 집어 들었다.

"순서를 지키세요!"

바글거리는 사람들을 줄 서게 하더니 한 명씩 질서정연하게 배급하듯이 수박을 건네고 만 원씩을 받았다.

"내일 또 옵니다! 또!"

아저씨의 돈주머니는 순식간에 맹꽁이 배처럼 불룩해졌고 용달차는 한여름 흥분의 도가니를 뒤로한 채 그렇게 훌훌 떠났다.

집에 들어와 수박을 갈랐다. 그런데 칼을 댈 때부터 뭔가 심상치 않았다. 갈라지는 속도도, 수박의 속 색깔도 아까 아저씨가 자른 것과는 달랐다. '혹시……?' 하면서 맛을 봤다. 싱거웠다. 이건 그냥 오이였다.

아저씨는 그랬다, 내일 또 온다고. 그러나 그날 이후 아저씨의 모습을 볼 수 없었다.

엄마

처음 만난 기적.

외롭지 않은
어른은 없어

시간의 가치

방송을 통해 조명된 어느 남자에겐 일분일초가 아까워 보였다. 작업가죽 제품을 제작할 밑그림을 그리고 본을 떠서 무두질을 하고 서울까지 가서 가죽을 구해 한 땀 한 땀 기워내다보면 어느새 밤이 내려앉았다. 3만여 번의 망치질과 여러 번의 덧칠, 수 시간의 바느질 작업, 약 72시간의 정성으로 가방한 개가 완성된다고 했다. 성실과 믿음이 인생의 모토라는 그남자는 적당주의를 용납하지 않으려는 듯 결의에 찬 표정으로 작은 지갑 하나, 벨트 하나에도 정성을 기울였다. 어떤 제품이라도 허투루 만들 수 없다고 했다. 프로정신과 장인정신으로 똘똘 뭉친 그는 당당히 서민갑부의 반열에 올라 있었다.

그런데 카메라가 클로즈업 한 남자의 손가락은 세 개가 절단되어 있었다. 게다가 윗니는 하나밖에 남아 있지 않았다. 무슨 사연이 있는 걸까. 남자는 어렵게 한 마디를 내뱉었다. 자신은 노숙자였노라고. 형편이 어렵던 어린 시절 공장에서 일하다 기계에 손가락이 껴 절단되었고, 오랜 노숙 생활의 여파로 영양실조에 걸려 이가 빠졌다고 했다.

남자는 노숙자 출신의 서민갑부였던 것이다. 한때는 가죽 사업가로 승승장구했지만 IMF로 순식간에 나락으로 떨어졌다. 빚쟁이에 쫓겨 아내와 이혼하고 자녀들과의 이별까지 겪으며 거리로 내몰렸고, 결국 노숙자 신세가 되고 말았다. 10여 년의 노숙 생활은 마치 기계 장치가 꺼진 것 같은 느낌이었다고 한다. 꿈은커녕 생각 자체가 없는 생활이었다.

"한 시간 일하면 천 원 더 벌 수 있어."

남자는 식당 앞에서 일하는 어느 아주머니들의 대화를 들었다. 그 말이 그를 다시 살렸다.

'과연 내 시간의 가치는 얼마인가?'

이런 생각에 사무쳐 그날부터 자신의 시간을 가치 있게 쓰기로 결심한 것이다. 그래서 시작한 것이 작은 가죽공예였다. 적게 팔아도 제대로 된 물건을 만들어 가치를 높이겠다고 각오를 다졌다. 한때 화가가 꿈이었던 그는 자신만의 가게를 종이한 장에 그려놓고 고통스러울 때마다 들여다보며 힘을 얻었다고 한다. 10여 년 만에 종이 속 가게는 현실이 되었고 그는 가게 주인이 되었다. 노숙자로 보낸 세월을 뒤로하고, 가죽 공예 일을 한 지 5년 만에 이룬 성과였다.

"나는 노숙자이지만 희망이 없는 건 아니야."

영화 〈행복을 찾아서〉의 윌 스미스가 한 말이다. 노숙자 출신의 이 남자는 지푸라기라도 잡는 심정으로 인생의 설계도를 새로 그리기 시작했을 것이다. 꿈과 희망을 내려놓지 않고 살아온 그는 그릴 줄 아는 재능과 꿈이라는 양 날개를 달고 날아올랐다. 아침을 맞이하는 게 그에겐 행복이었다. 가게로 출근하는 발걸음에는 두근두근 열정이 묻어났고, 알곡처럼 단단히 여문 하루를 보낸 퇴근길은 느긋하고 여유로웠다. 꿈과 희망이 가득한 가게가 그에게는 천국과 다름없어 보였다. 꿈을 꾸기 위해서 매일 아침 눈을 뜬다는 무라카미 하루키의 말이 새삼 떠올랐다.

노숙자 출신의 서민갑부가 마지막으로 남긴 이 말이 종종 내 귓가에 맴돈다.

"당신에게 한 시간의 가치는 얼마입니까?"

안녕

프랑수아즈 사강의 《슬픔이여 안녕(Bonjour la tristesse)》과
산울림의 '안녕'은
뜻이 정반대인 '안녕'이다.

만났을 때도, 헤어질 때도 안녕이라고 말할 수 있는
우리말의 오묘함을 새삼 깨달은 그날.

누군가의 첫인사는 다른 누군가에겐 끝인사였다.

오사카 나니와의 아주머니

아침 일찍 일어나 창문을 열었다. 아직은 코끝이 차가워지는, 개운하면서도 약간은 알싸한, 색깔에 비유하자면 민트색 같은 공기가 폐 속으로 들어오는 듯했다. 그런데도 바람 내음이 어제 아침과는 미묘한 차이가 있었다. 어딘가에 피어난 작은 꽃봉오리에서 봄냄새를 실어오는 느낌이었다.

지도 한 장 챙겨가지 않은 여행이었다. 엄마와 처음으로 함께한 해외 여행임에도 불구하고 예전의 도쿄 여행에서의 경험을 미루어 볼 때 그냥 물어보기만 하면 뭐든 찾을 수 있을 거라는 일종의 호기를 부렸다. 아리가또 고자이마스가 노래의 후크처럼 언제 어디서나 들려오는 곳. 살짝 다가가 스미마셍, 하면 경계심이 풀린 듯 미소로 화답하는 곳.

친절한 사람이 많은 일본이라지만 교토에서부터 유난히

친절한 사람을 많이 만난 여행이었다. 도와주려는 따스한 마음과 매일매일 마주친 여행이었다. 여기저기서 마주치는 누군가의 따스함 때문에 우리는 어떤 도시와 사랑에 빠지곤 한다.

아침에 오사카 시내를 돌아보고 나서 곧장 서울로 돌아가야 했다. 오사카 나니와에서 묵은 호텔은 역에서 조금 멀어서 모퉁이를 여러 번 돌아가야 했는데 이른 아침 길을 나섰더니 주변에 지나가는 사람 하나 보이지 않았다. 호텔 직원이 가르쳐준 길로 들어서서 얼마쯤 걸어가니 집에서 나오는 어떤 아주머니가 있었다. 나는 길을 확인하기 위해 조심스럽게 다가가 물었다. 아주머니는 역으로 가는 길을 자세히 설명해주었다. 그러더니 '가만, 우리 남편이 곧 물건을 싣고 역으로 갈 거예요' 하면서 시간이 촉박하지 않으면 조금만 기다리다가 함께 가는 게 어떠냐고 했다. 미닫이문 안쪽에서는 아저씨가 핸드카에 짐을 꾸리는 모습이 보였다. 아저씨는 우리와 눈이 마주치자 약간은 멋쩍은 듯 웃으며 인사를 했다. 아주머니는 귀여운 젖소 한 마리가 자그마하게 그려진 사탕을 몇 개 들고 나오더니 우리에게 나눠주었다. 달착지근한 우유 맛이 났다. 내가 가족과 함께 서울에서 왔다고 하자 제주도에서 온 이웃을 알고 지낸다며 무척이나 반가워했다. 다른 곳은 몰라도 서울과 제주는 안다면서 아이처럼 함박웃음을 지었다. 아저씨를 기다리는 동안 아주머니는 일본의 어디를 구경했는지, 여행은 즐거웠는지 등등 물어보며 말동무가 되어주었다. 쌀쌀한 공기 속에서 서로의 목소리가 따뜻하게 섞였다.

이윽고 아저씨가 짐을 다 꾸리고 나서 함께 길을 나섰다. 아주머니는 남은 여정도 즐겁게 보내라며 우리의 손을 잡았다. 나는 뒤를 잘 돌아보지 않는 편이지만 혹시나 하는 마음에 돌아보니 아주머니가 우리를 계속 바라보며 미소 짓고 있었다. 모퉁이를 돌아서 안 보일 때까지 계속 손을 흔들고 있었다. 묵고 가는 손님에게도 그렇게까지 하기는 어려울 텐데 길을 물어본 사람에게 그런 친절을 베풀어주다니. 나는 마치 국빈 대접이라도 받은 듯 황송한 기분마저 들었다.

서울에 돌아와서도 아주머니의 이름조차 물어보지 못했던 것이 못내 아쉬웠다. 그 길과 집, 그 얼굴을 또렷하게 기억하는데. 구인광고라도 하고 싶은 심정이었다. 가만히 있을 수만은 없을 것 같아서 인터넷을 검색해봤다. 가족과 묵었던 숙소를 기점으로 길찾기를 시작해 거리를 좁혀가니 아주머니의 집이 보였다. 바로 저기인데! 희미하게나마 일본어 주소가 보였고 주변의 건물들도 정확히 적혀 있었다. 나는 즉시 사진을 출력해 엽서에 동봉했다. 엽서가 부디 전달되기를 바라는 마음으로 오사카 도청의 행정 담당자에게 발송했다. 그러나 한 달이 지나도, 몇 달이 지나도, 지금까지도 답장을 받지 못했다. 도청에서 그 엽서를 처리해줄 만한 여유가 없었던 것인지 모르지만 안타까운 마음만 가득하다.

나니와에서도, 교토에서도 아주머니, 역무원, 할머니의 모습을 한 천사들을 만난 이른 봄의 소설 같은 순간들을 기억 속에서 더듬어본다.

이름조차 묻지 못했지만 여러분, 정말 고마웠습니다.

책

보고 있어도

또 보고 싶고

자꾸 보고 싶은 너.

오늘도 나는 너를 끌어안고 잠들어버리지.

당연하지 않은 날들

엄마와 장을 보고 집으로 돌아가는 길에 서류 한 통을 발급받으러 주민센터에 들어갔다. 엄마의 신분증이 있어야 하는데 집에 다녀오기도 그렇고, 안을 들여다보니 대기하는 사람이 많아 망설여졌다. 때마침 어느 주민센터 직원이 '최신식' 서류 발급기계가 들어왔다며 미소 띤 얼굴로 안내해주었다. 신분증이 없어도 예전에 등록된 지문만 있으면 무료로 간편하게 서류를 발급받을 수 있다며 사용법까지 차근차근 설명해주었다. 주민센터장이라도 지나간다면 우수 직원이라고 칭찬해주고 픈 마음이었다.

설명을 듣고 나서 엄마는 차례대로 버튼을 눌렀다. 몇 가지 절차를 걸쳐 마지막 단계가 되자 엄지손가락을 인식기에 대고 꾸욱 눌렀다. 그런데 지문 인식 실패라는 메시지가 떴다. 뭔가 오류가 있겠지 싶어 다시 시도해봤지만 기계의 서류 발급창은 열리지 않았다. 엄마 손을 가장한 호랑이에게 남매는 '우리 엄마 손에는 털이 없어'라며 문을 열어주지 않았다는 동화 〈해님 달님〉이 불현듯 떠올랐다. 그 기계도 우리 엄마 손이라는 사실을 계속 부정했다. 마지막 다섯 번까지 시도를 했지만 기계는 엄마 손가락의 지문을 끝내 인정하려 하지 않았다. 넘어질 때마다 나를 잡아주었고 머리를 빗겨주었고 별것 아닌 재료도 경이로운 음식으로 변신시키는 우리 엄마 손이 맞는데, 그 사실을 증명할 수 없다니.

하는 수 없이 창구로 갔다. 창구의 직원은 엄마에게 자그마한 지문 인식기를 가리키며 거기에 대어 보라고 했다.

"어머니 지문이 많이 닳았네요. 10년 전에 등록해둔 지문과 다를 수밖에요."

국어사전에는 지문이 사람마다 다르고 평생 변하지 않아 중요한 단서가 되기도 한다고 나와 있다. 괘씸한 기계는 그때의 엄마와 지금의 엄마가 다르다며 서류를 내어주지 않았지만 인정할 수밖에 없었다. 어린 시절 머리를 빗겨준 손, 정성껏 밥을 차려준 손, 보살펴준 손, 넘어질 때마다 나를 잡아준 손, 마법의 지팡이 같았던 손, 그러나 이제는 내가 잡아드려야 할 엄마의 손. 그 손의 지문이 기나긴 세월의 삶을 꾸려오면서 닳아

흐려졌다. 그간의 고생은 엄마의 얼굴에 주름이라는 흔적을 남겼고 손가락에 새겨진 엄마만의 고유한 무늬를 빼앗아갔다. 자식을 위해 포기한 것이 헤아릴 수 없을 만큼 많아 엄마라는 이름으로 불리기 전과 지금의 엄마가 더는 같은 사람일 수 없는 까닭이다.

집에 돌아와 낡은 앨범을 뒤적였다. 빛 바랜 증명사진 속 수줍은 한 소녀를 꺼내봤다. 그 시절의 엄마와 이 순간의 나. 아득한 시간을 더듬는 손끝에서 소녀의 꿈들이 아롱다롱 피어올랐다. 소녀의 모든 것이 문득 궁금해졌다. 소녀가 좋아하는 것은 무엇이었을까. 소녀를 두근거리게 만든 순간은 언제였을까. 소녀는 어떤 미래를 그려봤을까. 엄마라는 이름으로 살면서 걷고 싶을 때 걷지 못하고 멈추고 싶을 때 멈추지 못했던 시간은 속절없는 바람이 되어 소녀의 꿈들을 풍선처럼 날려버렸을 것이다. 나는 사진 속 소녀를 가만히 안아봤다.

문득 깨달았다. 나무에 매달린 잎사귀처럼 수많은 하루하루를 살면서 그저 흘려 보낸 것들이 얼마나 많았을지. 눈을 뜨고 무엇을 보며 살았는지. 내 삶은 제대로 흘러가고 있는지. 일상에서 마주치는 사람들의 모습과 나 자신, 내가 보고 듣는 모든 것을 조금 더 자세히 바라보며 천천히 써 내려가고 싶었다. 대단할 것 없는 시시콜콜한 일상의 냄새가 배어있는 그런 순간들이 힘을 주곤 했으니까. 그리고 내 일상에 온기를 줄 테니까.

지금까지 지내온 모든 날들은 결코 당연하지 않다.

아 비앙또(A bientôt)

햇살 아래 빛나는 금발을 한 파란 눈의 늘씬한 프랑스 남자가 내게 걸어오고 있었다. 마드무아젤, 동양에서 오셨나 보군요. 시간 되면 커피라도 한 잔 하실까요?

이런 건 영화에나 나올 법한 이야기고 프랑스 여행을 가면 반드시 근사한 남자 친구를 사귀고 오기를 학수고대하던 내 친구들의 바람일 뿐이었다. 하지만 클로딘 부인과의 만남은 꽤 인상적이었다.

부인을 만난 것은 스물둘의 어느 공원에서였다. 플라타너스, 사이프러스 같은 우람한 나무들이 숲을 이루는 프랑스의 여름 풍경 속에 내가 있었다. 나는 나무 그늘 밑 벤치에 앉아 책을 읽고 있었다. 공원의 모래 바닥을 사각사각 밟고 지나가는 소리가 귓가에 울려 무심코 바라봤다. 순간, 호젓하게 산책하던 어느 노부인과 눈이 마주쳤다. 내 입에서 순식간에 튀어나온 부드러운 말 '봉주르'. 내 옆에 놓아둔 책을 치우며 여기 앉으시겠느냐고 물었다. 어디서 그런 용기가 났을까. 흰 바탕에 푸른색 물결 무늬 원피스를 입고 있던 부인은 조금 놀란 표정이었다가 이내 입가에 미소가 번졌다. 그러더니 내가 앉은 벤치로 천천히 다가왔다.

《방드르디, 태평양의 끝》을 쓴 미셸 투르니에, '쎄시봉'을 부른 이브 몽땅, 그리고 크루아상을 좋아하는 우리는 금세 가까워졌다. 부인은 남편과 오래전에 사별하고 혼자서 여생을 보내는 분으로, 친척이라고는 언니와 조카 며느리 가족이 전부였다. 이번엔 나를 소개할 차례였는데, 한국을 전쟁의 폐허로 알고 있는 그분에게 어디서부터 설명해야 할지 막막했다. 나는 손에 들고 있던 검정 펜으로 종이에 한국 지도와 서울 타워와 사람들 북적이는 명동 거리를 대충 그려 보이고는 나의 가족 이야기를 꺼냈다. 내가 그린 그림 덕분에 우리는 조금 더 친해졌다. 카페에서 그림을 그리고 있을 때 내 주변에 아이들이 몰려들어 책상에 턱을 괴고는 '우와, 이것 좀 봐' 하며 화기애애했던 바로 그날처럼. 그림이 있다면 처음 만난 사람(그것도 국적이 다른 사람)과 그토록 긴 대화를 나눌 수도, 각별한 사이가 될 수도 있는 것이다.

우리는 다음날 하루 종일 고성(古城)을 돌아다니며 걷고 웃고 이야기했다. 샹보르, 슈농소, 앙브와즈, 아제 르 리도…… 전부 사진에서만 보던 성들이었다. 배가 출출해지자 부인이 잘 알고 있다는 식당을 찾아갔다. 오렌지빛 조명이 은은하게 흘러나오는 곳이었다. L'oubliette. 번역하면 '비밀 감옥'쯤 되려나. 동굴처럼 움푹 패인 입구로 들어가는 근사한 식당이었다. 하늘은 주황색으로 서서히 물들며 어스름이 깔렸다. 저물어가는 석양의 운치 있는 빛깔과 식당의 조명은 은근히 어울렸다. 레몬 맛이 감도는 맑은 생수를 목으로 꼴깍, 넘기자 소름이 돋을 정도로 시원했다.

오리 고기의 풍미가 허기를 서서히 채워갈 무렵 부인은 내게 뜬금없이 고맙다는 말을 했다. 시들어가는 노인의 삶의 궤적 따위를 들어준 사람도, 마음의 한 구석을 내어준 사람도 이제껏 없었다고 했다. 머나먼 아시아에서 건너온 청춘이 당신과 말동무를 해준 것이 그렇게 고마울 수가 없다고 했다.

오십이 훌쩍 넘는 나이 차이를 떠올릴 필요가 없는 시간이었다. 부인은 젊은 시절 남편과 만났던 이야기며 매일 산책하는(우리가 만났던) 공원 이야기를 들려주었다. 그러더니 그 공원 벤치를 우리만의 아지트로 간직하자고 했다. 누군가와 그런 장소를 공유하는 기쁨을 다시 누릴 수 있을 거라고는 생각하지 못했다며 아이 같은 표정을 지었다.

　서울로 돌아오기 전날 부인은 나를 집으로 초대했다. 단출했지만 꽃과 식물들이 어우러져 정갈하면서도 청량한 공간. 스탕달, 발자크, 플로베르, 사르트르, 카뮈, 기타 등등…… 오, 책장에는 온통 갈리마르사의 플레야드판 총서뿐이었다! 사별한 남편과 부인이 함께 보던 책들이었는데, 처음엔 한사코 각자의 책을 따로 보관하다가 차츰 구분하지 않고 섞어 꽂아두었다고 한다. 작가 앤 패디먼처럼 각자의 서재를 '결혼시킨' 것이다(나라면 그럴 수 있을까).

　그로부터 7년 후 클로딘 부인은 세상을 떠났다. 곧 다시 보자고 전화와 엽서로 그간 나눴던 이야기들이 마지막 인사가 되어버렸다. 매번 나눈 인사 '아 비앙또(A bientôt)'는 꼭 다시 만나자는 약속과 다름없었지만 지켜지지 못했다. 부인의 조카 며느리 말로는 부인이 나와 함께 찍은 사진과 한국에서 보낸 작은 기념품들, 나와 주고받은 엽서와 편지들을 들여다보며 마지막 한때를 보냈다고 한다. 그윽한 눈동자로 당신의 마지막 십여 년을 함께 한 동양의 친구를 떠올렸을 모습을 상상한다.

아주 오랜 시간이 흐른 뒤 그 공원에 혼자 가 보았다. 공원은 여전히 거기에 있었다. 우리만의 아지트, 우리만의 시간을 그대로 간직한 채. 그것이 나를 기쁘게 했다.

명태

스산한 바람을 맞으며 집으로 돌아오는 퇴근길에는 얼큰한 국물이 생각날 때가 있다. 그런 저녁에는 생태찌개를 끓인다. 육수를 만들고 조개, 미더덕, 무와 대파, 쑥갓 같은 재료를 준비하고 신선한 생태를 고춧가루와 함께 팔팔 끓여내면 시원하고 칼칼한 생태찌개 맛에 밥 한 공기를 금세 뚝딱 비워낸다.

명태만큼 다양하게 불리는 생선도 없다. 조업 방식, 건조 정도, 가공 방식 등에 따라 이름이 무궁무진하게 불린다. 명태를 얼리지 않은 것은 생태이고 얼리면 동태, 말린 것은 북어, 반쯤 건조시켜 코를 꿴 것은 코다리, 겨울에 얼렸다 녹였다를 반복한 것은 황태, 어린 명태를 바짝 말린 것은 노가리, 그리고 잡는 시기에 따라 춘태, 추태, 잡는 방법에 따라 망태, 조태, 빛깔에 따라 먹태, 백태…… 이름만 바뀌는 게 아니다. 방식에 따라 조리법이 달라져 다양한 맛을 즐길 수 있다. 생태는 찌개로, 동태는 찌개나 찜으로, 코다리는 찜이나 조림으로, 노가리는 조림이나 구이로, 이런가 하면 저렇고 또 저런가 하면 이런 모습으로 팔색조처럼 변신한다. 여러 가지 잠재력이 명태라는 생선 안에 숨어 있다가 누군가의 손을 통해 다채로운 모습으로 펼쳐지는 셈이다.

한 사람에게도 다양한 잠재력이 숨어 있을 것이다. 어쩌면 자신도 잘 모르고 있을 그 잠재력을 꺼내줄 인생의 참된 스승을 만나는 것도 중요하지만 스스로 끊임없이 배우고 읽고 익히며 나름의 노력을 기울일 때 자신의 잠재력도 발견하고 삶도 즐거워지는 게 아닐까.

너도 자식 낳아 봐

집 근처 정류장에서 버스를 기다리고 있었다. 30도를 웃도는 한여름의 대낮이라 도로는 익을 듯 후끈거렸고 바람 한 점 불지 않아 가만히 있어도 등에서 땀이 줄줄 흐르는 날씨였다.

"다음주 금요일이랬지, 답사 가는 거?"

"아이 참, 엄마는! 내가 목요일이라고 얘기했는데. 벌써 세 번째잖아!"

"그랬나? 금요일인 줄 알았는데."

"에이, 짜증 나. 이제 말 안 해! 가뜩이나 더워 죽겠는데!"

"엄마도 요새 정신이 없어서 그래. 좀 이해해주면 안 되니?"

고등학생쯤 되었을까. 여학생은 몹시 못마땅한 표정으로 엄마에게 윽박질렀다. 엄마의 사정 같은 건 좀처럼 아랑곳하지 않는 듯했다. 쳐다보는 사람들의 시선에 민망해졌는지 학생의 엄마는 기어들어가는 말로 대답하다가 겸연쩍은 미소를 지었다. 쥐구멍이라도 찾고 싶은 표정이었다. 모녀의 대화를 듣다가 문득 나를 돌아보게 되었다. 엄마가 내게 질문했을 때 내 일상이 바쁘다는 핑계로, 혹은 귀찮다는 이유로 퉁명스럽게 대답하지는 않았는지. 그런 말이 엄마의 가슴에 가시처럼 콕 박힌 적은 없었을지.

가만히 생각해본다. 내가 아이였을 때 엄마는 내가 쉴 새 없이 질문하고 똑같은 내용을 몇 번이고 반복하여 물어도 짜증이나 화를 내기는커녕 몇 번이고 대답해주었다. 세상을 알아가려는 자식의 모습이 그저 기특하고 신통하기만 했을 것이다. 이제 상황은 뒤바뀌었다. 엄마는 점점 나이가 들고 기억력은 감퇴되어 간다. 인간이란, 특히 노인이란 무언가를 잃는 데 익숙해져 가는 존재다. 게다가 새로운 정보를 받아들이는 속도는 점점 느려진다. 사실이라고 밝혀진 내용들의 유통기한이 짧아진 시대이니 더욱 그렇다. 그럴 때마다 어린 시절의 내가 그랬듯 엄마는 내게 되풀이하여 묻곤 한다.

"노인을 미리 체험해보세요."
어느 신문 기사에서 80세 노인 체험 이야기를 읽은 적이 있다. 노인이 되었을 때의 시각 변화, 난청, 관절의 불편함, 근력 저하, 촉각 저하 등을 느낄 수 있도록 몸 구석구석에 여러 장비가 장착된 체험복을 입고 80세의 몸 상태로 2시간 정도 실제 생활을 체험한다. 체험복을 착용하면 남녀노소 나이 불문 80세 노인의 몸 상태가 된다. 녹내장, 황반변성을 겪고 허리가 굽어지며 몸 여기저기가 쑤시는 등 환자 아닌 환자가 되어 곡소리가 나올 정도라고 한다. 체험복을 입고 생활 전반에 걸쳐 노인의 몸을 경험하고 나면 그들의 체력적 한계를 그대로 느낄 수 있게 된다. 몸의 움직임은 극도로 둔해지고 시력 저하 때문에 앞이 잘 보이지 않아 걷다가 부딪히는 경우도 있다. 소파에 앉고 일어나는 기본적인 행동부터 한 발, 한 발 내딛는 것조차 대단한 에너지가 필요하다는 사실을 깨닫게 됨은 물론, 한 가지 활동만으로도 힘이 빠지는 등 매일매일 이렇게 생활하고 있을 노인이라는 존재를 자연스레 이해하게 된다. 더구나 점점 나이 들어가는 부모에 대해서도 깊이 생각해보게 되는 계기가 된다고 한다.

"너도 자식 낳아 봐!"

매서운 겨울 같은 말로 마음을 할퀴어대는 자식에게 정이 뚝 떨어진 나머지 엄마들은 이렇게 말한다. 같은 처지가 되어 보면 그때야 비로소 알 거라는 간절한 외침이다.

남자와 여자, 기혼과 미혼, 신자와 무신론자, 급한 사람과 느긋한 사람…… 우리는 어떤 점이든 간에 서로 다르다. 나와 다른 누군가를 구태여 이해하려고 노력해야 한다는 사실이 때때로 힘겨울 때도 있다. 그러나 조금의 노력조차 하지 않는다면 서로에게 상처만 남을 수도 있다.

어릴 때 부모님의 신발을 신고 돌아다니다가 얼마 못 가 벗어버린 적이 있다. 신발만 신으면 어엿한 어른이 될 것 같았지만 질질 끌고 다니는 신발은 시간이 지날수록 고통으로 다가왔다. 그제야 어른이 되는 아픔을 아주 조금 생각해보곤 했다. 그래서 '상대방의 신발을 신어보라(put yourself in someone's shoes)'는 영어 표현은 고개를 끄덕이게 한다. 상대방을 온전히 이해한다는 건 애당초 불가능하겠지만 그렇다 하더라도 누군가를 이해하는 첫걸음은 입장을 바꿔 보려는 마음가짐이 아닐까.

습관

엄마를 등 뒤에서
꼭 끌어안는다.

어린 시절부터 이어져 온
나의 오래된 습관.

엄마의 등에 얼굴을 묻으면
아무 말 하지 않아도
포근함이 내 마음에 전해져 온다.

"엄마 등이 뭐가 그리 좋아?"
"음, 그냥."

대답을 얼버무리지만

나의 마음이
엄마의 등을 타고 전해졌으면 좋겠다.

이 세상에서
엄마를 만날 수 있어
늘 감사하며 산다고.

다시 태어나도
내 엄마가 되어 달라고.

오픈 유어 아이즈

어느 잡지사와 인터뷰가 잡혀 주소 하나를 받아들고 약속 장소로 찾아갔다. 한 번도 가본 적 없는 낯선 동네에 발을 들일 때는 설렘과 약간의 두려움이 교차하곤 한다. 내가 사는 동네와는 어쩐지 다른 공기에 호흡을 가다듬게 되거나 집 근처에서도 자주 지나치곤 했던 익숙한 편의점 같은 건물을 애써 찾아내려고 한다.

그날도 종이에 메모한 대로 ㅇ 길까지 갔는데 빌딩 이름이 한눈에 들어오지를 않았다. 사방을 둘러봐도 건물은 보이지 않았고 결국 길가에서 쉬고 있는 사람들에게 물어봤다.

"실례합니다. 혹시 OO번지 A 빌딩은 여기서 얼마나 더 가면 될까요?"

"어, 글쎄요…… 못 본 거 같은데요."

"그 앞에 S 빌딩이 있다는데 거기도 모르시나요?"

"그런 빌딩이 있나요?"

"……"

주변에 있는 건물의 경비 아저씨들을 비롯해 편의점의 직원까지 그 빌딩을 아는 사람은 한 명도 없었고 오히려 내게 되묻기까지 했다. 지나가는 사람들에게 물어도 고개를 갸웃거리기만 할 뿐이었다. 분명 거기서 멀지 않을 것이라 확신했지만 하는 수 없이 내 감에 의지해 발걸음을 옮겼다. 그런데 놀랍게도 거기서 불과 1분도 채 안 되는 거리에 빌딩이 보였다.

집 근처를 산책하다가 평소 출퇴근길에 보지 못했던 가게를 발견할 때가 있다. 게다가 그 가게가 한참 전부터 있었다는 사실에 깜짝 놀라기도 한다. 내가 가고자 했던 빌딩의 위치를 물어본 사람들도 그 빌딩이 그렇게 가까이 있다는 것을 하나같이 모르고 있었던 것처럼. 아마도 주변의 다른 건물은 쳐다보지 않고 매일 자신들의 일터로만 직진했을 것이다. 어쩌면 그들은 그 건물을 적어도 한 번쯤은 봤을 수도 있다.

망막색소변성증으로 시력을 잃은 어느 개그맨이 다시 연극 무대에 섰다. 눈앞이 보이지 않는 그가 무대를 종횡무진 누비며 연기를 했다는 사실만으로도 놀라운데, 연극의 제목마저 눈이 번쩍 뜨이게 했다.

오픈 유어 아이즈.

일상은 끝없이 반복된다. 틀에
서 찍어낸 과자처럼 느껴지기도 한
다. 그러나 매일매일이 똑같다는 어처
구니없는 생각이, 다 안다는 터무니없는 생각이 우리의 눈을
가리고 마음의 문을 닫게 하는 건 아닐까. 그런 까닭에 눈을 뜨
고 있어도 못 본 것이 많다. 아니, 보려 하지 않은 것이 많다. 자
세히 들여다 보면 1년 365일은 단 하루도 같은 날이 없다. 어
제는 푸르른 나뭇잎이 무성했고 오늘은 단풍이 새빨갛게 물들
었으며 내일은 밤새 내린 눈으로 주변이 온통 하얗게 변할 것
이고 다음 날엔 벚꽃이 활짝 필 것이다.

어쩌면 간과하고 사는지 모른다. 별다를 것 없는 일상이
알고 보면 삶의 톱니바퀴를 돌아가게 하고, 주목하지 않은 순
간이 지나고 보면 오히려 기억 속에 남아 살아갈 힘을 준다는
것을. 가끔은 돌아볼 일이다. 모든 것이 시들해져 특별하고 자

극적인 것에만 주목하고 사는 것은 아닌지, 가까이 있는 소중한 사람의 눈조차 제대로 바라보려고 한 적이 있는지.

"모든 행복은 우연히 마주치는 것이어서 그대가 길을 가다가 만나는 거지처럼 순간마다 그대 앞에 나타난다."
_ 앙드레 지드,《지상의 양식》[6]

가장 슬픈 날

세상을 집어삼킬 듯 세차게 빗줄기가 퍼부었다. 엄마와 집을 나설 때 사실 나는 불안했다. 진료실에 들어가 의사 선생님의 표정부터 살폈다. 담담한 표정이었지만 힘겹게 입을 열었다.

"음, 다행히 전이된 것 같지는 않으니 가급적 빨리 수술하시는 게 좋을 거에요. 연세가 있어서……"

예감은 틀리지 않는다. 선생님의 말은 나의 불길함을 끝내 사실로 굳혀버렸다. 영원히 끝나지 않을 것만 같은 순간이었다. 엄마의 검사 내역을 하나하나 짚어달라고 했다. 이 거무스름한 사진 어디쯤 종양이 있는 것인지, 절제 말고 다른 방법은 없는지. 선생님은 암의 진행이 느려 거북이 암이라고 알려져 있긴 하지만 계속 그 상태로 있을지 장담할 수 없으므로 절제하는 것이 가장 좋은 방법이라고 했다. 시야가 흐려져 수술

날짜를 적은 종이가 잘 보이지 않았다.

그날 나는 혼자 엎드려 울다가 분노에 사로잡혔다가 말문이 막혀버렸다. 환자 가족들의 수기를 읽은 적이 있다. '왜, 어떻게 이런 일이?' 하면서 부정하고 통곡하다가 분노와 원망, 좌절과 체념의 수순을 밟는다고.

수술 날짜를 받아놓고 나서 애써 담담하게 지내려고 했지만 한 밤, 한 밤이 무거워 잠을 잘 이루지 못했다. 수술 당일 병원 보호자 대기실에 앉아서 TV 뉴스 화면을 아무 생각 없이 바라보다가 기도를 했다가 다시 TV 보기를 수차례 반복했다. 다른 환자 가족들도 화면은 보고 있지만 반쯤 넋이 나간 듯한 표정이었다. 수술실 앞에서 대기하는 가족들의 모습을 보면서 비로소 산다는 건 어떤 관념이 아니라는 생각이 들었다. 그렇게나 빨리 흘러가던 시간이었는데, 수술을 기다리는 동안은 1분 1초가 지옥 같았다. 가져간 책은 아예 펴보지도 못했다. 시계가 11시를 넘기고서야 전자 게시판에 수술 완료라는 알림 문자가 떴다. 수술대에 눕혀 회복실로 옮겨지는 엄마의 모습을 보고서야 한시름을 놓았다.

수술이 끝나고 가장 힘들었던 건 방사선 치료를 위해 열흘 동안 엄마와 1m 정도 떨어진 거리에서 생활을 해야 했다는 것. 우리는 서로 마주쳐 지나가지 않도록 거리를 두어야만 했다. 얼굴을 마주보고 눈을 맞출 수가 없어 떨어져 있으면서도 끊임없이 이야기를 나눴다. 밖에서 무슨 좋은 일이 생기면 먼저 엄마 생각을 했다. 치료 때문에 힘든 엄마가 지치지 않도록 엄마가 좋아하는 가수 펫 분과 나훈아의 노래를 자주 틀어드렸다.

병원에서 하라는 대로 저요오드 식단표를 짜서 음식을 만들어드렸다. 고기 맛이 잘 우러나도록 약한 불로 팔팔 볶은 소고깃국을 끓이고 영양소가 골고루 들어가도록 반찬을 만들어 그릇에 조금씩 담아냈다. 어느 날에는 늦가을의 달력을 뜯어내고 초겨울 내음이 가득한 거리를 지나가다가 따끈따끈한 군고구마를 사서 그릇에 담아드렸다. 그러면 왠지 엄마의 시간도 따스하게 흘러갈 것만 같았다.

몇 년의 추적 관찰 기간이 지났지만 지속적인 관리를 위해 검진을 받으러 간다. 매번 병원에 갈 때마다 엄마는 말한다.

"엄마가 너한테 짐만 되는 것 같구나."

일생을 가족에게 바쳐온 엄마인데, 평생을 돌려드려도

모자랄 정도로 극진한 사랑을 받았는데 병원에 모시고 가는 것조차 미안해하다니. 세월이 갈수록 어렴풋이나마 깨닫는다. 되도록이면 엄마와 시간을 함께 나누는 것이 엄마의 아픔을 조금이나마 같이 나눌 수 있는 방법이라는 것을.

위로의 춤

가족과 가끔 가는 식당이 있다. 서울 외곽에 있어서 공기도 좋고 한적하지만 워낙 잘 알려진 곳이라 여기저기서 사람들이 모여든다. 음식이 맛있다는 점 외에도 이 식당은 여느 식당보다 특별하다. 바로 널찍한 휴식 공간을 갖추고 있다는 점인데, 풀과 나무가 있는 곳곳에 의자를 마련해 순서를 기다리거나 식사 후에 커피 한 잔을 마시며 여유롭게 쉬어갈 수 있다. 게다가 전속 가수들이 기타를 들고 나와 흘러간 시대의 가요, 트로트, 올드팝, 때로는 샹송까지 들려준다.

바람결에 실려오는 음악을 들으며 점심을 든든히 먹고 나른해진 몸으로 의자에 기대었다. 그런데 느닷없이 선글라스를 낀 양복 신사 할아버지가 마당으로 나가더니 춤을 춘다. 순간 술주정꾼인가, 생각했다. 옆자리의 아주머니말로는 할아버지가 가수들의 공연이 있는 시간이면 어김없이 찾아와 마당의

맨 앞줄에 앉아 있다가 노래가 시작되기만 하면 춤을 춘다고 했다. 할아버지가 춤을 추기 시작하면 좌중은 포복절도한다고. 장르 불문, 가수 불문, 춤사위는 똑같았다.

사실 무슨 장르의 춤이라고 말할 수 없는 막춤이지만 그 나름의 정형화된 리듬과 동작이 있었다. 덩실덩실 하며 천천히 앉는 듯하다가 한 손은 옆구리에, 또 한 손은 앞으로 내밀어 누군가와 손을 잡을 듯한 동작을 취하면서 점점 뒤로 물러나듯 스텝을 밟았다. 이 춤이 끝날 무렵에는 앞에 상대가 있기라도 한 듯 거수 경례와 비슷한 인사로 마무리했다.

얼마 전 그 식당에 갔을 때는 상송과 가요 공연이 있었고 그 할아버지는 어김없이 맨 앞줄에 앉아 있었다. 선글라스도 잊지 않았다. 표정은 보이지 않았지만 '내가 나갈 때가 되었군' 하는 자못 진지한 분위기로 마당에 걸어나갔다. 할아버지가 춤을 추자 이쪽저쪽에서 할아버지, 아주머니들이 춤에 합세했다. 공연을 하던 가수는 '여기는 댄스홀이 아닙니다. 분위기가 변질되니 자리에 앉아주세요!'라고 애원했다. 그런데 놀라운 것은 할아버지만은 예외라고 했다. 워낙 매 공연 때마다 춤을 추시는 분이니 할아버지만 빼고 전부 자리로 돌아가달라는 것이었다. 할아버지는 특권을 부여받은 사람 특유의 제스처로 가수와 좌중에게 인사를 하고 춤을 췄다.

사람들은 이제 껄껄대기보다는 할아버지의 춤을 찬찬히 바라보며 그 사연을 궁금해했다. 부인과 사별했을 거라는 짐작들을 했다.

정말 무슨 사연이라도 있는 걸까. 얼굴의 주름을 보면 굴곡진 삶을 살아온 것 같기도 한데, 좌중들과 말을 섞는 모습은 한 번도 본 적이 없다. 자리에 앉아서 음악이 나오기를 기다릴 때는 가만히 앉아 덤덤하게 하늘을 응시하거나 입을 꾹 다물고 있을 뿐이다.

선글라스를 낀 할아버지의 얼굴 뒤에는 감춰진 상처가 있어 춤사위로 스스로를 위로하는 게 아닐까. 누군가를 안타깝게 떠나보내고 혼자 남은 자신을 응원하기 위해, 혹은 그 사람을 미워했던 자신을 용서하기 위해…… 할아버지의 춤 때문에 웃음바다가 되었다가 시간이 지날수록 진지해지는 사람들의 표정에서 그런 섣부른 짐작을 하곤 한다.

사람은 저마다 자신의 상처를 보듬는 방법을 하나씩은 가지고 있기 마련이다.

어떤 약속

나중에 연락할게.

언제 밥 한번 먹자.

어느 동료가 말하길, 좋아하는 누군가에게서 이런 말을 들었다고 한다.

나중이라는 것은 도대체 언제일까?

언제라는 것은 또 언제쯤일까?

혼자 목 빠지게 기다리다가 스산한 계절이 다가와버렸는데 그 나중과 언제는 '아직' 오지 않았다고 한다. 바보처럼 보이겠지만 이 진부한 약속은 여전히 설렘이라고 한다. 언젠가는 그 나중과 언제가 반드시 올 것이라고 믿기에.

늦어버린 마음

"정말 네가 그린 거냐?"
"네."

잠시 무거운 침묵이 흘렀다.

학년이 바뀌고 맞이한 두 번째 생물 시간. 생물 선생님이 낸 숙제는 교과서에 나온 개구리와 부레 등 여러 가지 생물을 따라 그리기였다(미술과는 전혀 관련 없는 수업인데도 그림 그리는 숙제가 제법 있었다).

숙제를 제출하라는 선생님의 명이 떨어지자마자 나는 노트를 펼쳤다. 연못에 앉아 있는 개구리와 연잎, 부레, 나무가 우거진 연못가를 상상하기도 하고 만화 〈개구리 왕눈이〉를 떠올리다 피식 웃기도 하면서 펜으로 노트를 꾹꾹 눌러가며 그린 시간이 오롯이 담긴 노트였다. 그런데 선생님은 알 수 없는 미소를 지으며 고개를 저으셨다. '그럴 리가 없다'는 것이었다. 이건 분명 책에 대고 그린 그림이라고.

솟구치는 억울함에 대한 항변이라고 해봐야 내가 그린 그림이라고 힘주어 말하는 것뿐이었다. 미사여구를 동원할 필요가 없었다. 선생님은 내 얼굴을 힐끗 봤다가 다시 한 번 노트를 뚫어져라 쳐다보셨다. 중학생 솜씨로 이렇게 그릴 수는 없다고 하셨다. 선생님은 수업은 안중에도 없었고 나를 자리에서 일어나게 하셨다. 교실 안은 술렁였다. 보다 못한 친구들이 하나, 둘씩 '원래 그림 잘 그려요'라고 변호해주었지만 들으려하시지 않고 줄곧 내 공책만 들여다볼 뿐이었다. 자리에 우두커니 서 있는 나를 남겨두고는 단상으로 올라가셨다. 끝까지 그럴 리 없다는 말만 되뇌던 선생님. 억울했지만 누명을 벗지 못한 채 수업이 끝나 버렸다. 차라리 '제 솜씨가 그 정도예요?' 라고 좋아라 하며 되물었어야 하나. 아니면 수업이 끝나자마자 교무실로 조르르 달려가 다시 한번 소리 높여 결백을 외쳤어야 하나. 어쩌면 나는 그때 이미 알았던 것인지도 모른다. 애당초 들으려는 마음이 없는 사람에게는 설명이나 해명이 아무 소용 없다는 것, 결국 시간이 해결해줄 거라는 것을.

누명은 뒤집어 썼지만 진실을 알아주는 친구들이 있었고 무엇보다 내가 그 진실을 알고 있었다. 전전긍긍할 필요가 없었다. 그런데도 그 무거운 공기에 나는 잠식되었다. 이것저것 그려보고 끄적거리는 습관이, 한 마디로 내 일상이 무시당하고 바닥으로 가라앉아버린 듯했다. 선생님의 마음은 닫혀 있었다. 햇살 하나 들어갈 틈 없는 창문처럼. '졸업 때까지 생물 숙제는 하지 않을 테다' 이런 결심을 세울 리 없었다. 반항할 정도로 배짱이 두둑하지도 않거니와 부정적인 생각은 되도록 쫓아내고 싶어하는 타입이니.

게다가 생물 시간을 좋아하는 내가 할 만한 결심은 아니었다. 선생님은 학생들에게 여전히 교과서의 생물 그려내기 숙제를 주셨고 나는 정성스레 그렸다. 그리는 것을 워낙 좋아했지만 내 실력을 언젠가는 알아주겠지 하는 마음도 조금쯤 있었을지 모른다(생물 시간에 왜 그림 숙제를 했는지는 끝까지 알 길 없었지만).

그렇게 학기가 끝나가던 어느 겨울날, 선생님은 부랴부랴 내 자리로 다가와 이렇게 말씀하셨다.

"너, 그림 참 잘 그리는구나!"

학기 초 파릇파릇 돋아난 연둣빛 잎

새들이 붉은 폭죽을 터뜨리다가 이제 바닥으로 떨어져 앙상한 가지만을 남긴 채 소멸하려는 계절이었다. 거의 1년이라는 시간이 흘러간 시점이었다. 아무렇지도 않게 내뱉어진 듯한 그 말에 나는 선생님을 말똥말똥 바라볼 수밖에 없었다. 드디어 오해가 풀린 건가? 이제 그런 건 아무래도 좋았다. 그런데 어찌된 일인지 베낀 그림이라고 오해를 받던 날보다 가슴이 더 먹먹했다. 그 상황에서 천연덕스럽게 '글쎄 그것 보세요. 오해하신 거라니까요'라는 말 따위 할 수 있을 리 없었다. 밥을 꼭꼭 씹어 먹어도 명치 끝에 걸린 것처럼 신경이 쓰인 그런 나날들이었다.

그런데 아주 오랜 시간이 흐른 지금에 와서 생각해보니 그림을 잘 그린다고 칭찬했던 선생님의 그 말씀은 뒤늦은 사과의 말이 아니었을까 싶다.

바게트

당신은 바게트 같은 사람이었어요. 입천장이 벗겨질 만큼 겉은 딱딱하지만 속은 말랑한 바게트처럼, 단단한 껍질에 싸여 있어도 마음만은 한없이 부드러운 그런 사람이었지요. 가장 좋은 빵은 당신이 좋아하는 빵이라고 어느 프랑스 제빵사가 말하더군요. 그래서 내겐 바게트가 세상에서 가장 좋은 빵입니다.

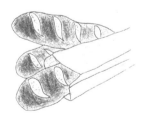

나,   당신
그리고 우리

장인(匠人)의 국수

어느 시골 마을에 있는 제면소의 노부부는
허리를 쪼그리고 앉아 면을 뽑고 있었다.

대충대충은 허용하지 않겠다는 듯
처음부터 끝까지 면에만 집중하고 있었다.

맛있는 면을 만들기 위해
40여 년간 고집스러울 정도로 지켜온 기본,
정성과 땀으로 무장된 면발은
사과를 뚫을 정도로 단단했다.

글쓰기도 장인의 국수 같아야 하지 않을까.

사람을 향한 따뜻한 눈

펜을 놓지 않는 꾸준함

탱탱한 면발같이 생생한 표현

꼭 필요한 양념처럼 맛깔스런 묘사로

오래도록 마음에 남는

그런 글을 쓰고 싶다.

지상 최고의 연주

염천을 지나고 있는 오늘도
우리 집 가스레인지는
한여름의 교향악을 연주한다.

큰 냄비에서는 구수한 찌개가 보글보글,
석쇠에서는 생선이 지글지글,
프라이팬에서는 계란이 타닥거린다.

가스레인지의 불꽃은 쉴새 없이 움직이고
앞치마를 두른 엄마는 불꽃을 지휘하는 로린 마젤.

우리 집 가스레인지에서는
비제의 farandole(파랑돌)이 들린다.

프루스트와 모짜렐라

마르셀 프루스트의 문장은 모짜렐라 치즈다. 읽어도 읽어도 끝이 보이지 않고 길게 이어지는 문장이 주욱 늘어나는 모짜렐라 치즈를 닮았다. 그런데 신기한 것은 늘어지는 끝을 끊어버리면 둘 다 그 묘미가 갑자기 사라져버린다는 점이다.

날아올라!

_ <Flight to Denmark>를 들으며

겨울이 오면 당연하다는 듯 꺼내 듣는 음반이 있다.

설원에 약간 비스듬히 서서 뾰족한 모자와 안경을 쓰고 홀로 서 있는 한 남자의 여유로운 모습이 재킷으로 실려 있는 음반이다. 바로 미국 재즈 피아니스트 듀크 조단의 〈Flight to Denmark〉. 학창 시절 재즈라는 장르의 음악을 처음 알게 되었을 때 빌 에반스의 곡들과 함께 즐겨 들었다. 라디오의 주파수를 이리저리 돌리다가 심야의 재즈 프로그램에서 듣게 된 'No problem'과 'Glad I met pat'을 들었을 때는 몸에 소름이 돋는 듯했다. 공테이프(그때는 아직 카세트 테이프가 CD에게 자리를 완전히 내어주기 전이었다)에 몇 번이고 녹음해 돌려 들으며 음악으로 잠을 대신한 기억은 이제 추억으로 남았다.

〈Flight to Denmark〉는 맑은 겨울 아침의 청량한 공기처

럼 영롱한 피아노 선율이 흐르는 곡들이 유기적으로 연결되어 있는 듯하다가도 곡 하나하나가 마치 앨범 한 장 한 장을 듣는 것처럼 완성도가 높은 앨범이다. 제목을 보고 필시 듀크 조단이 어느 날 덴마크에 연주 초청을 받아 흔쾌히 직접 날아갔든지 아니면 덴마크라는 나라를 어린 시절부터 동경해 마지 않아 '언젠가는 꼭' 하는 마음으로 상상력을 발휘하면서 곡을 쓰지 않았을까 하는 나름의 유추를 해봤다.

나중에 알게 되었지만 둘 중 그 어느 것도 아니었다. 듀크 조단은 초기에 대단한 명성을 얻었던 연주자는 아니다. 찰리 파커, 마일즈 데이비스, 스탄 게츠 등 거장들과 함께 작업했던 그였지만 60년대 락과 팝의 등장으로 미국 재즈도 쇠퇴하여 일자리까지 잃게 되었다고 한다. 사랑하는 음악마저 손에서 놓게 되자 그는 택시 기사로 생계를 꾸리게 되었다.

하지만 재즈를 사랑하고 음악적 재능이 다분했던 그가 오랜 공백기를 버텨낼 재간은 없었던 듯하다. 포기할 수 없다는 생각에 그는 마침내 작은 클럽에서 다시 연주를 시작했고, 스칸디나비아에서 재즈가 싹틀 무렵 미국을 떠나 덴마크로 건너가게 되었다고 한다. 유럽의 레이블인 Steeple Chase에서 나온 앨범이 바로 〈Flight to Denmark〉였다. 인생이란 참으로 알 수 없지만 또 살아볼 만한 것일지도 모르겠다. 낯선 이국의 땅 덴마크로 날아가 새롭게 맞이한 제2의 인생이 반영된 듯 여유 있는 듀크 조단의 모습과 군더더기 없이 깔끔한 재킷은 더더욱 인상적이다. 그간 겪은 세월의 풍파를 이겨내고 오랫동안 떠나 있던 음악의 품으로 비로소 돌아온 감격스러운 마음, 그리고 음악을 처음 시작했을 때의 마음이 담긴 음반이 아닐까.

기진맥진할 때, 왠지 의욕이 사라질 때면 비상(飛上)을 꿈꾸며 작곡에 몰두했을 듀크 조단의 모습을 그려본다.

도시락

그 옛날 초등학교 점심시간의 풍경은 이랬다. 집에서 싸온 양철 도시락을 난로 위에 데워 두었다가 책상 위에 올려 놓고 나눠먹거나 급식실에서 식판을 들고 줄을 서거나 혹은 점심시간이 되면 밖으로 나가 운동장을 맴돌거나. 내 앞줄에 앉던 친구하나는 세 번째의 경우였다. 그 아이는 점심시간마다 어김없이 운동장을 뛰었다. 언제나 겉도는 느낌이었는데 들리는 소문으로는 그 아이가 점심의 허기를 운동장의 수돗물로 채운다고도 했고 부모님이 안 계시다고도 했다.

얼마간 지켜봤던 나는 집에 돌아와 엄마에게 수돗물로 점심을 먹는 아이가 있다고 말했다. 엄마는 다음날 도시락 한 개를 더 싸주었다. 6·25 전쟁 세대인 엄마는 배고픈 설움이란 겪어본 사람만이 안다고 했다. 먹을 것은 고사하고 피난길에 오른 사람들이 가족과 생이별을 겪던 그 세대다. 도시락을 어떻게 건네야 할지 몰라 고민하는 내게, 엄마는 그 아이가 자리를 비웠을 때 책상에 올려놓는 게 좋을 것 같다고 했다.

　나는 형편이 어려운 편이었지만 끼니를 걱정할 정도는 아니었다. 부모님은 손에서 일을 놓지 않았고 집에는 늘 엄마가 만들어주는 따스한 밥이 있었다. 라면과 같은 인스턴트 식품이 아닌 된장찌개, 미역국 같은 집밥을 먹으면서 자랐다. 도시락 반찬의 가짓수는 적었지만 언제나 엄마가 직접 해주는 음식들뿐이었다.

　도시락 두 개를 들고 학교에 간 날 그 아이는 마침 결석을 하지 않았다(학교에 오지 않는 날도 가끔 있었다). 점심 무렵 그 아이가 화장실에 간 사이 나는 한 개 더 가져온 도시락을 책상에 올려놨다.

　교실로 돌아온 그 아이는 도시락을 보더니 주위를 두리번거렸다. 그리고 나서 아무 말 없이 밖으로 나가버리고는 오후 내내 수업에 들어오지 않았다. 누군가가 자신의 처지를 신경 쓰고 있다는 사실이 오히려 그 아이를 신경 쓰이게 했는지도 모른다는 생각이 들었다.

　수업을 마치고 나는 그 아이가 손도 대지 않은 도시락을 들고 교실을 나서려는데 멀리 그 아이가 보였다. 수돗가 옆에서 물을 마시다 눈이 마주치자 내게 다가왔다.

"네가 도시락을 올려둔 거니?"

"응, 그런데 왜 먹지 않았어?"

"그런 거 싸준 사람…… 없었어. 근데, 그러지 않아도 돼."

그런 대화였던 것으로 기억한다. 그 아이는 치마를 휘날리며 잽싸게 달아나버렸다.

수돗가에서 잠깐 이야기를 한 것만으로 마음 한 켠에 뭔가 뭉클한 게 느껴졌다. 어쩐지 서로 조금 가까워진 것 같다는 생각도 들었다. 그런데 그 아이는 학교를 결석하는 날이 점점 많아지더니 결국 다음 학기에 학교를 그만두었다.

학교에서는 한 번도 만나지 못했던 그 아이를 한참 뒤에 시장길 모퉁이에서 마주쳤다. 무슨 말을 하려던 것처럼 아, 하더니 어색하게 미소 지으며 어디론가 달아나버렸다.

갓 지은 쌀밥의 김이 모락모락 피어나는 도시락을 파는 가게를 지나다가 어린 시절 그 아이의 어색한 미소가 떠올랐다. 뿌연 수증기 속에서 그 미소가 자꾸 어른거렸다.

엄마의 생일

이쪽에서는 얼큰한 생선찌개
저쪽에서는 고소한 멸치볶음

수십 년을 반복해온 엄마의 동작은
신속하고 정확해 군더더기가 없다.

도마 위의 손놀림이
한밤에 한강대교를 획획 지나는 자동차의 불빛 같다.

세월이 달인을 만든다며
말없이 요리에 열중하는 엄마는
누가 뭐래도 생활의 달인.

온통 가족에게만 마음을 쓰며 건너온

그 기나긴 세월을 되돌려드릴 수는 없지만
김이 모락모락 나는 하얀 쌀밥을 지어 그득 담고
보들보들한 미역으로 따듯한 미역국을 만들어
소박한 한 끼를 올린다.

엄마에게 드리는
조촐한 생일상,
자그마한 꽃 한 송이와
마음을 담은 카드 한 장이
힘겨운 일상의 모서리마다
불러내고픈 그 무엇이 되면 좋겠다.

지금, 가장 찬란하게 반짝이고 싶다

여행 떠난 지인에게서 열차를 놓쳤다는 연락을 받았다. 전력
질주해서 기차역에 간신히 도착했건만 기차가 막 떠났다는 것
이다. 집으로 돌아가 다행히 자가용으로 일행을 따라잡을 수
있었다고는 하지만 멀어지는 열차를 넋이 나간 표정으로 우두
커니 바라보는 심정이 오죽했을까.

영화 〈박하사탕〉에서 설경구가 '나 돌아갈래!'라고 외치
면서 영화는 시간을 거슬러 올라갔지만 현실에서는 시간을 돌
이킬 수 없다. 열차처럼 한 번 떠나면 되돌아오지 않는다. '태
양이 떠오를 때마다 아침이 오지만 한 번 지나간 세상의 모든
아침은 다시 오지 않는다'고 〈세상의 모든 아침〉은 말했다. 똑
같은 오늘을 다시 살 수 없다. 찰나의 시간은 우리를 잠깐 스쳐
덧없이 지나간다. 놓쳐버린 풍선처럼 우리의 손이 닿지 않는
곳으로 영영 떠나버린다.

산책하는 사람과 강아지, 골목에 떨어진 나뭇잎, 해질녘 붉게 물든 하늘, 오늘 아침 마주친 이런 사소한 것들이 점점 소중해진다. 언젠가 영국 인상주의 화가 조지 클라우슨의 그림 〈들판 위의 작은 꽃〉을 본 적이 있다. 초록빛 들판에 엎드려있는 금발의 소녀 그림인데, 얼마나 몰입했는지 말을 걸기조차 미안할 정도다. 소녀의 시선이 향한 곳을 들여다보면 작은 꽃 한 송이가 소녀의 양손 안에 꼭 쥐어져 있다. 큼직하거나 화려한 색을 뽐내는 꽃도 아니고 그냥 지나쳐도 모를 아주 자그마한 들꽃이다. 하지만 들판에서 발견한 지극히 작고 노란 꽃송이가 소녀에게는 무엇보다 소중해 보인다. 소녀는 《그리스인 조르바》를 닮았다. 오늘, 여기 자신의 심장을 뛰게 하는 것, 시시해 보이지만 자신에게 소중한 것에 몰입한다.

봄을 타고 날아든 스포츠센터 전단지에 이런 말이 있었다. "무료 체험 쿠폰을 드립니다. 일단 와 보세요!" 인생도 체험 쿠폰 같은 게 있다면 사는 게 조금쯤 쉬워질까. 인생이란 것을 얼마큼 경험해야 후회나 미련이 없도록 야무지게 살 수 있을까. 그런 쿠폰이 있다면 손에 쥐어보고 싶어질지도 모르지만 이미 체험해본 삶은, 몇 킬로미터를 내리 달린 뒤 마시는 냉수처럼 그토록 간절하게 느껴지지는 않을 것 같다. 그러니 조금 서툴더라도 지금 이 순간에 최선을 다하고 싶다. 지금이 내 삶의 전부인 것처럼.

"'내일', '나중에, '네가 출세를 하게 되면', '나이가 들면 너도 알게 돼' 하며 우리는 미래를 내다보고 살고 있다. 이런 모순된 태도는 참 기가 찰 일이다. 미래란 결국 죽음에 이르는 것이니 말이다."[7]

내게 오늘이란 조금씩 아껴두고 먹는 초콜릿과 같았다. 내일을 위해 오늘의 즐거움을 미뤄둘 때가 많았다. 하지만 지금, 여기서 가장 찬란하게 반짝이고 싶다. 그리고 잊지 않으려 한다. 순간의 조각들이 모여 미래라는 퍼즐을 만든다는 것을.

작은 힘

여기 앉으실래요?

나는 빈 의자랍니다.

알고 있어요.

당신은 어깨에 내려앉은 일상의 무게로 축 처져 있고

출구 없는 나날에 주저앉고 싶다는 걸.

그러니 사양하지 말아요.

잠깐 앉아서 지친 몸을 달래고

바람 한 점 쏘이며 머리를 식히고

다시 삶에 미소 지을 수 있도록

작은 힘이 되어주고 싶어요.

힘들 땐 내게 기대어 앉아요.

그리고 우리

외롭지 않은 어른은 없어

낮에는 놀이공원에서, 밤에는 유흥업소에서 일하는 사토시, 이혼 후 도시 생활을 정리하고 고향에 내려와 뒤늦게 직업훈련학교를 다니는 시라이와. 길에서 우연히 만난 두 사람은 여기저기서 자꾸 마주치게 된다.

사토시는 자기 몸이 더럽다며 몸을 벅벅 씻을 정도로 자존감도 낮고 자신에 대한 혐오로 스스로를 괴롭히다가도 언제 그랬냐는 듯 호탕하게 웃는, 감정 기복이 심한 여자다. 시라이와는 자기 표현이 적고 내면을 겉으로 드러내지 않은 채 평범하게 살아가려는 남자다. 시라이와는 구애의 춤과 소리로 자기에게 적극적으로 다가오는 사토시를 조금은 부담스러워하고 거리를 두는 듯 보였지만 결국 서서히 무장해제된다.

영화 〈오버 더 펜스〉는 상처를 안고 사는 이 두 남녀의 사연을 어떤 커다란 사건이랄 것도, 복선이랄 것도 없는 잔잔한 흐름 속에서 그렸다.

자기 자신을 잘 알지 못하고 서로에 대해서도 잘 알지 못하는 두 사람. 사랑의 경계에서 서성이는 두 사람은 개와 고양이처럼 달라 서로를 망가뜨리지 않을까 조금은 불안했지만 자신들에게 불어온 사랑의 봄바람을 거부하지 않고 어두컴컴한 울타리를 벗어나 삶의 온기로 걸음을 뗀다.

바닷가의 텅 빈 어두운 방에서 홀로 캔맥주를 따 마시며 하루하루를 보내는 시라이와도, 유흥업소에서 사람들에 둘러싸여 과장된 웃음을 짓던 사토시도 알고 보면 사랑에 허기진 사람들이다. 결국 누구나 외로움 때문에 사랑을 찾는 것인지도 모른다. 어느 영화의 대사처럼 외롭지 않은 어른 따윈 없으니. 천천히 날아올라 유유히 하늘을 가르는 독수리(영화에 독수리가 자주 등장한다)처럼 가벼운 듯 그러나 그렇게 가볍지만은 않은 주제곡이 영화의 감정선을 묵직하게 이끌어간다.

영화는 결말을 열어두었지만 시라이와가 야구장에서 친 타구가 하늘 높이 솟아오를 때 두 사람의 미래를 은근히 그려봤다. 불완전한 이 두 사람은 과거라는 벽을 뛰어넘어 온전한 하나가 되었으리라 믿는다. 영화가 끝날 무렵 담쟁이덩굴이 떠올랐다. 담 위로 뻗어 올라가는 담쟁이덩굴은 자신이라는 울타리를 넘어 누군가를 향하려고 노력하는 우리네 삶의 모습과 닮아서다.

영화가 끝나고 대학가 근처를 걸었다. 이제는 완연해진 봄기운 덕분에 여학생들의 옷차림은 한결 가벼워져 있었다. 사토시가 시라이와와 함께 자전거를 타고 얼굴에 한껏 미소를 머금은 채 새의 깃털을 밤거리에 뿌리던 모습처럼.

나, 당신
그리고 우리

버스

삶이란 건 비좁은 버스 안에서 읽히기도 하나 봐요. 버스 안에서 일어날 수 있는 사고를 적은 표지판이 오늘 눈에 띄었거든요. 들어보실래요?

사고로 이어질 수 있는 행위들

손잡이를 놓은 상태에서 휴대폰을 양손으로 조작하는 경우: 맞아요. 줏대가 있어야 해요. 조금쯤 흔들리며 살지 않는 사람 없겠지만 나만의 원칙 같은 건 필요해요. 살면서 신념 하나쯤은 지켜나가야 하지 않을까요? 안 그러면 배가 침몰하듯 순간 나락으로 떨어져버릴 수도 있어요.

양손에 물건을 들고 손잡이도 잡지 않은 채 교통카드를 태그

하는 경우:

우리는 무거운 것을 너무 자주, 많이 드는 것 같아요. 어깨에 짐을 자꾸 얹어요. 결국 그 무게 때문에 넘어지잖아요. 그제야 깨닫죠. 조금 가볍게 살자고.

하차 시 카드 태그를 하지 않아 갑자기 다시 승차하는 경우:
그럴 때가 있어요. 아차 하는 순간 이미 늦어버린, 지나고 나서야 생각이 나는 때가.
엊그제만 해도 적절한 감사의 말을 골똘히 생각하다가 때를 놓쳐버리고 말았지 뭐예요. 그래서 시인 폴 발레리가 그런 말을 했나 봐요. '생각하는 대로 살지 않으면 사는 대로 생각하게 된다'고.

인생이란 거 알다가도 모르겠는데, 버스 안에서 단박에 이해될 때도 있네요.

우리, 좀 더 잘 살아봤으면 해요.

명함

새로 받은 명함들을 정리해본다. 보통은 일을 통해 만나게 된 사람들의 명함인데, 인상 착의나 특이 사항 혹은 나중에 또 만나야 할 사람 등을 포스트잇에 메모해 붙여둔다. 대부분의 경우 한 사람에 대해 좀 더 알아볼 겨를도 없이 숙제를 해치우듯 기계적으로 또 새로운 명함을 받고 추가하게 된다.

학창 시절 반장, 부반장 같은 리더의 역할을 종종 맡기는 했지만 기본적으로 나는 혼자 조용히 있는 것을 좋아했다. 외국어를 하고 직장생활을 하면서 낯선 환경에 자주 적응하고 새로운 사람들을 만나는 일이 많아졌지만, 이언 게이틀리의 《출퇴근의 역사》[8]를 인용하자면 나는 직장을 옮길 때마다 '초연함과 침착함과 합리성'을 갖춘, 적응이 매우 빠르고 효율적인 직원으로 인정받았다. 그래도 새로운 사람들을 한꺼번에 많이 만나는 것은 그다지 마음 편한 일은 아니다.

사람들은 대개 인연을 넓히며 사는 삶을 동경하여 발이 넓은 사람이 되고자 한다. 그러나 나는 관계의 과잉을 두려워하는 편이다. 단독자로 유유자적하기를 바란다. 이러한 성향은 점심시간 음식점을 선택할 때도 드러나곤 한다. 내가 아는 외국인 동료들 중 다수의 사람은 종종 다른 식당을 시도하여 서울의 다양한 맛을 보고 싶어한다. 충분히 이해가 되지만 나는 거의 항상 같은 곳만 간다. 약속을 잡을 때도 별표가 몇 개 달린 맛집보다는 내 마음에 들었던 음식점을 염두에 둔다. 서점, 카페, 영화관조차도 예외가 아니다. 그러니 이제 막 나온 새 브랜드는 나 같은 사람을 사로잡기가 여간 힘든 일이 아니겠다고 생각한다.

돌아보면 내가 하고 싶은 일, 내가 가고 싶은 길을 가기 위해 되도록 내 자신에게 몰두했던 때가 있었다. 사람에게서 은근하게나마 벗어나려던 때였다고도 할 수 있다. 어찌 보면 링반데룽[9]의 시절이었다. 나 '자신도 모르는 착각에 의해 어떤 지점을 중심으로 둘레를 빙빙' 돌았던 것 같다. 사람은 결국 사람이 만드는 일상의 풍경에 의해서 위로를 받고 또다시 살아갈 힘을 얻게 된다. 영화 〈어바웃 어 보이〉의 내레이션이 떠오른다. "모든 사람은 섬이다…… 하지만 분명한 것은 일부의 섬들이 연결되어 있다는 사실이다." 우리는 함께 웃고 이야기하면서, 부대낀 일상의 고단함을 풀기도 하고, 마음이 추운 어느 날에는 밥 한 끼를 함께 먹으며 힘을 얻기도 하고, 열이 오른 이마를 짚어주는 다정한 손길에서 위로를 받기도 한다.

며칠 뒤면 제야의 종이 친다. 해마다 이맘때가 되면 세상의 가장자리 어디쯤에 쓸쓸히 서 있는 것 같은 느낌이 든다. 내일은 그간 약속을 미뤄두었던 고마운 사람과 만나 차 한 잔을 기울일 것이다.

삼치구이

노릇노릇 바삭바삭 익은
짭조름한 삼치구이.

가장 맛있는 부위를
서로에게 양보하느라
오늘도 우리 가족의 젓가락은 분주하다.

엄마 드세요
너희들 먹어야지
마지막 남은 생선 한 토막을 한사코 사양하다가
엄마의 접시로 사뿐히 옮겨드린다.

사는 게 스산해지는 어느 날엔
조촐한 밥상에 둘러앉아

삼치구이 나누던 오늘이

몹시도 그리워지겠지.

매듭을 푸는 사람

때때로 나는 꼬인 매듭을 푸는 사람이다.

정확히 말하면 열쇠꾸러미가 얽힌 끈의 매듭을 풀어야 할 때가 있다. 예전의 상사는 열쇠꾸러미를 붉은색의 긴 끈으로 묶어 목에 걸고 다닐 때가 많았는데, 긴 끈은 짧은 열쇠의 또 다른 끈들과 엮여 있어 자주 엉키곤 했다. 내가 이런 데 재주가 있다는 것을 알았던 그분은 '미안하지만 또 풀어줄 수 있겠나?' 하면서 끈들이 엉킬 때마다 내게 열쇠꾸러미를 들고 왔다.

"맨 처음 꼬이기 시작한 지점을 찾아내시면 됩니다."

매번 같은 대답을 하면서 나는 꼬이기 시작한 지점을 찾아나갔다. 말은 그렇게 해도 대부분은 짧은 끈들이 얽히고설켜 있는 경우가 많아 천천히 하나하나 들춰봐야 했고 가위로 싹둑 자르고 싶은 충동이 일어날 정도로 아주 복잡하고 단단하게 엉킨 적도 있었다.

이따금씩 다른 이들로부터 목걸이줄, 리본, 그 밖의 엉킨 줄을 풀어달라고 부탁을 받는다. 사실 아무리 바빠도 선물 꾸러미의 리본 같은 것은 손으로 공들여 묶었을 상대방의 정성을 생각하면 싹둑 잘라버릴 수가 없다.

끈을 푸는 일이 마치 사람을 대하는 일처럼 느껴진다. 우리는 어떠한 인연의 끈으로 자연스럽게 혹은 많은 노력 끝에 타인과 연결되곤 하지만 크고 작은 오해 때문에 관계가 꼬여버릴 때가 종종 있다. 그럴 때 알량한 자존심을 세우거나 밀고 당길수록 되레 더 엉키기 마련이다. 그렇다고 엉킬 때마다 가위로 리본 자르듯 할 수는 없는 노릇이다.

"실을 잇는 것도 무스비(結び), 사람을 잇는 것도 무스비, 시간이 흐르는 것도 무스비. 전부 신의 영역이란다. 우리를 만드는 매듭도 신의 솜씨, 시간의 흐름을 나타내는 거지. 모여서 형태를 만들며 뒤틀리고 얽히고, 때로는 돌아오고 멈춰서고 또 이어지지. 그게 바로 무스비."

일본 애니메이션 〈너의 이름은〉에서 여주인공 미츠하의 할머니는 인연에 대한 인상적인 말을 남긴다. 일본어 무스비는 매듭을 뜻한다. 이 작품에서는 꼬이고 엉키고 다시 이어지는 인연과 같은 의미로 보면 무방할 것이다. 작가는 할머니의 입을 통해 사람, 시간, 운명 같은 것들이 모두 인연으로 연결되어 있다는 의미를 전하려고 한 것 같다.

각기 다른 시간과 장소를 살아가던 주인공 미츠하와 타키는 강렬한 인연의 끈을 놓지 않고 이어가려는 용기로, 시간과 공간을 초월해 결국 만나고야 만다.

인생이란 사람과 사람이 인연의 실을 이어가고 가끔은 오해로 꼬인 매듭을 푸는 과정이 아닐까 생각한다. 일생에 단 한 번 만나는 인연이라는 뜻의 '일기일회(一期一會)'라는 말이 있다. 삶의 한복판에서 마주친 사람들을 잊고 싶지도, 잊을 수도 없는 연(緣)을 만난 것처럼 소중히 대했는지, 매듭을 풀 때마다 돌아보게 된다.

어깨를 맞대고

지하철을 타면 엄마와 나는 멀어진다. 노약자석에 엄마가 앉
도록 해 드리고 나는 일반석으로 자리를 옮기기 때문이다. 그
날도 엄마가 먼저 노약자석에 앉았는데, 빈 자리에 외국인 몇
명이 자리를 잡고 앉아 있었다.

　　잠시 후 엄마는 내게 전화를 걸어 좀 도와달라고 했다. 멀
리서 보니 외국인들이 목적지 때문에 우왕좌왕하는 것 같았다.
엄마는 그들에게 2라고 손가락을 펼쳐 보이며 뭐라고 뭐라고
하고 있었다. 그랬더니 외국인들은 웃으며 꾸벅 인사를 했다.
내가 엄마 옆에 갔을 때 엄마는 그들에게 한국어로 말을 시키
고 있었다. 이를테면 안쓰러운 표정으로 어깨에 배낭 짊어지는
시늉을 하면서 '무겁겠네. 저 큰 배낭을 몇 개씩이나 짊어지고'
했다. 그랬더니 한 명은 웃으며 끄덕였다. 옆에 앉아 있던 또 다
른 한 명은 'No problem(아뇨, 괜찮아요)' 했다. 엄마의 호출을

받고 출동했을 때는 이미 모든 상황이 마무리된 후였다. 알고 보니 미국에서 온 여행객들이었고 홍대 입구에 내리려고 '헝대(홍대), 헝대' 했는데 엄마가 2호선이라며 열심히 알려주고 지하철 노선도를 가리켰다고 했다. 엄마가 이 놀라운 바디랭귀지의 힘을 발휘한 건 한두 번이 아니라 이젠 익숙하다.

천성이 다정한 엄마는 길을 못 찾는 사람들만 보면 외국인이든 우리나라 사람이든 본인의 일처럼 안타까워한다. 길을 잘못 들어섰을 때 당황스러움과 고생을 겪지 않은 사람은 없겠지만 엄마는 아는 길이라면 목적지까지 대략 몇 분이 걸리는지, 어느 길로 가는 게 덜 힘든지 등등의 정보를 상세히 알려주는 편이다. 선의가 마음에 가득한 엄마에게 세상이 험하니 늘 조심하시라고 잔소리를 하면서도, 사람의 마음은 기본적으로 따뜻하다는 것을 나는 엄마를 통해 배운다. 엄마의 어록 중에 '사람 인(人)' 이론이 있는데, 정말 여기저기 적용된다. 무릇 사람이란 누구나 서로에게 힘이 되어주어야 하고, 어깨를 맞대고 살아가야 한다는 이론이다.

지하철에서 종종 이런 상황이 생길 때면 4·19 의거 이야기가 생각난다. 그 옛날 엄마는 퇴근길 아수라장이 된 도시 한가운데서 누군가에게 밀쳐져 넘어졌고 사람들은 모두 피하느라 급급했다. 넘어진 사람 따위 거들떠볼 여력이 없었을 것이다. 그런데 그때 어떤 아저씨가 다가와 엄마를 일으켜 세워 길모퉁이까지 데려다주고는 무사히 집으로 돌아가길 바란다며 사람들 속으로 사라졌다고 한다. 벽에 기대어 몸을 추스르니 무릎은 온통 피투성이였고 다리에 힘이 풀려 걸을 수 없었지만 힘을 내 가까스로 집까지 걸어갔다. 엄마는 말한다. 그때 이미 사라져버렸을 생명 하나가 지금까지 살고 있다고. 엄마는 친절을 당연히 여기지 않는다. 예전에 누군가에게 받은 친절이 사소한 것이라도 가벼이 여기지 않는다. 엄마는 작은 친절을 다음 사람에게 베풀면 그 친절이 또 그 다음 사람에게 전해질 거라고 믿는다. 그래서 엄마의 어록에 '친절 릴레이'를 추가했다.

아주 오래 전 〈천사 조나단〉이라는 외화 시리즈를 즐겨 봤다. 푸근하고 인자한 미소의 배우 마이클 랜던이 주인공으로 나오는 드라마로, 신의 명령을 받은 천사 조나단이 세상에 내려와 어려운 사람들을 보살피는 이야기다. 종교적인 색채가 강했지만, 드라마를 보면서 이런 생각을 한 적이 있다.

천사란 어쩌면 우리네 일상에서 크고 작은 친절을 행하는 모든 이들이 아닐까.

구인광고

구인광고

모집인원   1명(남자)

키   180㎝

외모   배우 ㅈ과 닮은 얼굴

업무 내용   함께 벚꽃 보러 가기

업무 장소   여의도 윤중로

보수   시간당 1만 원/저녁식사 제공

모집자   00학번 여학생(사진 참조), 댓글 환영(사진 첨부 요망)!

    세상엔 참으로 많은 아르바이트가 있다. 신문의 기사를 재구성해본 이 구인광고는 요즘 유행하는 벚꽃 데이트 아르바이트, 줄여서 '벚꽃 알바'에 관한 내용이다.

나,   당신
그리고 우리

이 일회용 아르바이트가 종신계약(?)으로 이어지는지 물었더니 그럴 리 있겠느냐고 반문한다. 애초에 사랑이라는 감정이 끼어드는 경우는 극히 드문 셈이다. 봄바람에 휘날리는 벚꽃잎을 밟으며 함께 길을 걷는 두근두근한 낭만은 존재하지 않는 듯하다.

혼자 밥 먹고, 혼자 영화 보고, 혼자 벚꽃 구경하는 사람은 여전히 곁눈질의 대상인 사회의 분위기를 탓해야 하는 것 아니냐고 누군가는 하소연한다.

버려야 할 것

이사할 때는 신기하게도 모든 물건이 소중해진다.
이사하고 나면 이상하게도 버릴 것이 수두룩하다.

'이걸 왜 가져왔을까?'

살다 보면 어느 시점에서는 반드시 버려줘야 하는 것들
이 있다.

허황된 욕심과 갈망, 쓸데없는 자존심, 오만과 편견, 자
만, 미련…… 이런 마음의 잡동사니들은 필요 이상의 것으로
넘쳐나는 서랍장을 정리하고 비우듯 그때그때 버려줘야 한다.

브이 라인(V line)

"브이 라인 만들어주는 리프팅,
날렵한 브이 라인 부럽지 않으세요?
여성의 얼굴은 턱선이 완성한다
더 이상 머리로 가리지 마세요!"

무심코 쳐다본 지하철의 광고판이
브이 라인 이야기로 덮여 있다.

브이(V)라는 글자를
유심히 들여다 본다.

끝없이 추락하는 듯하다가도
어느 순간 바닥에서 치고 올라가는 글자
브이.

포기하고 주저앉느냐
다잡고 일어서느냐, 하는 기로에서
오뚝이처럼 오뚝오뚝한 마음이
인생의 브이 라인을 그린다.

땅바닥에 넘어져
무릎이 깨져도
상처에서 빨갛게 피가 나도
툭툭 털고 일어난
어린 시절의 우리.

넘어지면 또 일어난다.
이것이 인생의 브이 라인 법칙.

달 같은 사랑

"다시는 결혼 같은 거 안 할 거야, 다시는."

울먹이는 친구의 입에서 나온 첫마디였다. 결혼한 지 반
년 정도 된 친구였다. 카페는 조용했고 넌지시 내다본 창밖에
는 젊은 커플이 함박눈을 맞으며 춤추는 시늉을 하고 있었다.

"이혼을 하게 되었어…… 남편이…… 사랑이 아니었다
고……"

친구는 영원을 믿었을 것이다. 그의 고백에 순수하게 마
음을 맡긴 친구에게 사랑이란 한때 머물다 간 바람 같은 것이
되어버린 셈이다. 그러나 사랑했던 순간만큼은 진심이었기를
…… 서로의 온기를 나누다 한순간에 차갑게 식어버린 사랑
앞에서 친구는 어떻게 마음을 추슬러 왔을까.

내게 조언을 구하는 듯한 표정이었지만 나는 말을 아꼈다. 조언이란 인생의 정답을 알고 있다는 확신이 있는 사람만 할 수 있는 게 아닐까. 가혹한 나날을 보낸 친구에게 어쭙잖은 말 따위는 위로가 될 리 만무했다. 우정이라는 이름으로 섣부른 위로를 하기보다 그저 묵묵히 들어주었다. 왠지 그래야 할 것 같았다. 그 순간 내가 친구를 위해 할 수 있는 일은 그것뿐이었다.

그 일이 있은 뒤 약 2년쯤 뒤 그 친구는 내게 또 다른 소식을 알렸다.

"나 곧 결혼할 거야. 이번엔 만난 것 같아, 나만의 사람을."

'너, 다신 결혼 안 한다며?' 이런 말을 했다간 무슨 취급을 받을지 몰라 어떤 사람이냐는 질문으로 대신하였다. 사실 궁금했다. 도대체 어떤 사람이기에 절대로 다시는 결혼하지 않겠다던 친구의 마음을 돌려놨을까. 얼굴이 장미꽃처럼 붉어져서는 '나만의 사람'이라는 말을 할 정도로. 하지만 물어볼 필요조차 없었다. 금방이라도 줄리 런던의 'Fly me to the moon'을 부를 것 같은 친구의 표정과 눈빛에서 사랑의 감정을 보았다.

"사람들은 자기 자신에게 무엇이 없는지 알지 못해요. 그게 나타나기 전까지는 말이에요. 그러다가 그게 나타나면 단 한순간에 확실해지지요."

파스칼 메르시어의 《리스본행 야간열차》[10]에서 말한 그 존재가 내 친구에게 드디어 나타난 것일까. 아니면 영화 〈캐롤〉처럼 그 사람만 보인다는 순간이 찾아온 것일까.

사랑은 그렇게 계획도, 이유도 없이 찾아오는가 보다. 둘만의 낙원을 만들고 싶다는 친구는 누구나 그렇듯 사랑하는 사람과 인생의 강을 표류할 것이다. 그 인생의 강에 달빛이 흐르면 좋겠다. 태양처럼 뜨겁기만 하지 않고, 혜성처럼 잠깐 나타났다 사라지지도 않는 달. 밤하늘에 떠 있는 저 묵묵한 달같이.

글쓰기의 정신

가끔 〈개그 콘서트〉라는 TV 프로그램을 본다. '배우돌'이라는 코너에서 어느 개그우먼은 40년 외길 연기 인생을 걸고 있는 배우로 분장해 의미심장한 대사를 읊조린다.

"자, 그냥 식당 아주머니를 연기하시면 됩니다."
"연기에 '그냥'이란 존재하지 않습니다…… 혼을 담아 연기하면 되는 것입니다. 아무리 눈에 안 띄는 역할도 혼을 담아 관객들에게 전달하는 것이 바로 연기의 진심!"

"대화 나누는 장면, 후딱 좀 보여주세요."
"연기에 '후딱'이란 말은 존재하지 않습니다. 연기란 연기력과 감정이 성숙해졌을 때 나오는 것입니다."

"택시기사 아주머니같이 눈에 안 띄는 역할밖에 없는데요."

"눈에 안 띄는 역할이란 없습니다. 아무리 눈에 안 띄는 역할도 관객들에게 사랑받을 수 있게 하는 게 바로 연기의 정신!"

주로 '연기에 ○○란 존재하지 않습니다. 그것이 바로 연기의 정신'이라는 유형의 대사로, 연기의 기본에 대해 강조하거나 일가견을 제시하곤 한다. 나는 그녀의 대사를 주의 깊게 듣고 또박또박 적는다.

프랑스의 작가 발자크는 하루에도 몇십 잔의 커피를 마셔가며 글을 썼다(물론 커피 몇십 잔을 마시고라도 영감이 폭포수처럼 떨어진다면 도전해볼 만하겠지만). 백지 앞에 앉으면 두렵다는 작가들의 말을 인용하지 않더라도 뭔가를 쓰려고 자판에 손가락을 올리면 생각이 고갈되는 듯 쩔쩔매다가 결국 한 줄조차 제대로 쓰지 못하는 경우가 비일비재하다. 글쓰기가 결코 녹록하지 않기에 비법을 찾아 헤매게 된다.

'연기돌' 개그우먼의 대사에 귀 기울이면 연기에는 지름길도 비법도 없다는 사실에 주목하게 된다. 그저 진심을 담아, 혼을 담아 전달하는 게 연기다. 글쓰기도 마찬가지가 아닐까. 타고난 작가란 없다. 위대한 작가들도 읽고, 쓰고, 생각하는 노력을 끝없이 반복했다. 게다가 급할수록 돌아가라는 말이 있지 않은가. 잘 쓰고 싶을수록 조급해하지 않고 꾸준히 글을 쓰는, 바른 길이 있을 뿐이다.

광화문에 우뚝 서 있는 조나단 보로프스키의 〈망치질 하는 사람〉은 하루도 쉬지 않고 망치질을 한다. 누군가는 그 망치질도, 우리의 삶도 그리스 신화의 시시포스(Sisyphus)처럼 굴러떨어지는 바위를 끊임없이 언덕 위로 운반하는 형벌이라고 말한다. 하지만 조금 다르게 생각해보면 사소하고 조촐한 일상의 지루한 반복을 이겨내고 묵묵히 그리고 충실히 자신의 길을 갈 때 우리의 일상도, 인생도 더욱 깊어지는 게 아닐까 싶다. 그렇듯 꾸준히 읽고, 쓰고, 생각하기를 습관화하면 어느 날 자신만의 글을 쓰게 되는 날이 오지 않을까. 그것이 바로 진정한 글쓰기의 정신이 아닐는지.

《혼불》을 쓴 최명희 선생의 말은 글쓰기를 대하는 자세를 돌아보게 한다.

"나는 일필휘지(一筆揮之)란 걸 믿지 않는다. 원고지 한 칸마다 나 자신을 조금씩 덜어 넣듯이 글을 써내려갔다."

예감

긴 문장을 쓰던 그녀의 문장이 짧아진다.

짧은 문장을 쓰던 그의 문장이 길어진다.

달라진 문장 속에 마음을 감춰둔다.

이별은 그렇게 시작된다.

가벼운 손짓 하나로

오겡키데스카!

　영화 〈러브레터〉에서 여주인공 나카야마 미호가 새하얀 설산을 향해 목놓아 안부를 묻는 장면은 눈이 시리도록 아름다워 겨울의 상징처럼 가슴에 새겨져 있다.

　일상에서 안부를 물으려다 가끔 고민하게 될 때가 있다. 어떤 말을 꺼내야 할까 하는 건데, 흔히 '안녕하세요'라고 인사를 시작해서 '잘 지내시죠?'로 넘어가는 것이 일반적이다. 자주 보는 사람에게 매번 같은 말로 인사를 건네려다 보면 식상한 것 같아 뭔가 다른 말이 없을까 생각하게 된다. 그렇다고 인사말에 의미를 부여하면서 고민만 하다가는 인사할 타이밍을 놓칠 수도 있다. 그러니 결국 '잘 지내시죠?'라는 말로 마음을 건네게 된다.

    어느 날 우연히 버스 기사님들의 손인사를 보게 되었을 때 그제야 알았다. 굳이 말로 하지 않아도 손짓만으로 다른 사람에게 마음을 전할 수도 있다는 것을. 꽤 오랜 시간을 관찰하다 보니 인사의 패턴까지 알게 되었다. 일반적으로는 같은 번호의 버스 기사님들끼리 버스가 가깝게 스쳐 지나갈 때 인사를 한다. 한 손은 운전대를 잡고 다른 한 손은 정중히 거수 경례하듯 꼿꼿하게 세우며 씩 웃기도 하고, 손을 흔들다가 간혹 운전석의 창문을 열고 '점심 먹었나?' 하면서 한 마디 건네기도 한다. 주고받는 미소 속에서 동료의 안부를 챙기는 따뜻한 마음이 고스란히 전해진다. 간혹 버스 번호가 달라도 인사를 하는 기사님들이 있는데 알고 보면 운수 회사의 이름이 같다. 그 모습이 어쩌나 정겨운지 나도 끼어들어 손을 한번 흔들어주고 싶은 마음이 불쑥 솟아나기도 한다.

    가벼운 손짓 하나로 우리는 오늘의 무게를 덜어내고 하루분의 힘을 얻기도 한다.

32달러

얼마 전 TV에서 새로 시작한 몰래 카메라 방송을 보게 되었다. 지인끼리 속이고 속는 프로그램인데 그날은 어느 배우가 후배 가수를 유명 작가의 전시회에 초대해 함께 작품을 감상할 기회를 마련해주었다. 가수는 선배의 초대에 감사하다며 전시회장에 나타났다. 선배는 프랑스 유학파 작가라는 휘황한 설명을 우선 배경으로 깔았다. 잠시 후 화가가 나타났고 세 사람은 전시회장의 작품들을 하나하나 감상하기 시작했다.

그런데 첫 번째 작품부터 실소를 금치 못할 오브제가 나타났다. 갈기갈기 찢어진 신문지와 당황스런 색감의 그림들을 보며 몰래 카메라의 주인공은 당황한 기색을 감추지 못했지만 선배와 작가의 엉터리 설명에 어떻게든 수긍하려고 노력했다. 잠시 후 또 다른 작품 앞에 서자 선배와 작가는 이 작품은 물구나무를 서서 봐야 한다고 부추겼다. 후배는 처음엔 어이없다며 저항하다가 결국 물구나무를 선 채로 작품을 감상했다.

이건 물론 상황을 설정해 누군가를 속이기 위한 몰래 카메라였지만 유명하다는 예술가의 작품에 대한 우리의 믿음은 과연 어디까지 가능한 것인지 생각해보게 되었다.

미국의 바이올린 연주자 조슈아 벨은 '세계에서 가장 몸값이 높은 바이올리니스트'이자 피플지가 선정한 '세상에서 가장 아름다운 50인'에 꼽힌 연주자다. 워낙 눈부신 경력의 소유자이지만 몇 줄로 요약해보면, 4세 때부터 바이올린을 잡았고 14세에 리카르도 무티가 이끄는 필라델피아 오케스트라 협연으로 데뷔, 같은 해 애버리 피셔 커리어 그랜트상을 수상하며 신선한 바람을 일으켰다. 18세 즈음에는 첫 음반을 발매해 그래미상, 그라모폰상 등을 휩쓸었다. 1년에 200일 이상 투어 연주를 하는 데다가 영화 음악, 뮤지컬, 재즈까지 섭렵한 클래식계의 슈퍼스타, 귀하신 몸이다.

그가 내한 공연을 했을 때 몇 번 관람한 적이 있는데 표 값이 상당히 비쌌던 것으로 기억한다. 알고 보니 평소 개런티는 1분에 약 1,000달러라고 한다. 그런 조슈아 벨도 어쩌지

못한 사건(?)이 하나 있다.

꽤 오래 전의 이야기다. 벨은 어느 날 청바지와 야구 모자 차림으로 워싱턴 랑팡플라자 지하철에 자리를 잡고 바이올린 연주를 시작했다. 350만 달러짜리 스트라디바리우스로 약 45분 동안 바흐 작품 등을 연주했는데, 천 여 명의 인파가 지나갔어도 그를 알아보는 사람은 손가락으로 꼽을 정도였다. 거대한 유명 오케스트라와 협연하는 것은 아니었고 바쁜 시간대였지만 음악을 제대로 들으려는 사람이 거의 없었고, 실제로 감상을 했다는 사람들도 몇 분 정도 머물다 지나가버렸다. 그날 모인 돈은 고작 32달러 정도. 공연장과 거리 연주를 구별하고자 의뢰를 받아 한 실험 연주였다지만 그에게는 일대의 사건으로 기억될 듯하다.

카네기 홀 같은 유명 공연장에서 자신의 이름을 내걸고 연주했다면 이야기는 완전히 달라졌을 것이다. 공연이 끝나도 팬들의 사인 공세에 시달렸을 게 뻔하다. 그런데 장소와 차림 새만 바뀌었을 뿐 연주자와 악기는 그대로였다. 아, 그리고 중요한 사실을 잊을 뻔했다. 이름을 숨겼다는 것.

"이름이란 뭘까…… 장미가 다른 이름으로 불린다 해도

달콤한 향기에는 변화가 없는 것을……"

《로미오와 줄리엣》의 아리따운 줄리엣은 이렇게 읊조렸지만 유명 예술가의 이름을 다른 이름으로 슬쩍 바꾼다 해도 작품의 가치가 과연 제대로 평가 받을 수 있을지 의문이다.

이름을 버리고 거리 연주자로 변신한 조슈아 벨의 연주를 듣지 못하고 그대로 지나친 사람들을 보면서 이런 질문이 스멀스멀 피어올랐다.

무엇이 작품의 진정한 가치를 결정할까.

냄비

된장찌개를 끓이다가 잠깐 한눈을 파는 사이 뚜껑이 들썩이더니 순식간에 냄비 밖으로 국물이 끓어넘쳤다. 바지락, 두부, 호박, 된장이 어우러진 국물 때문에 가스레인지 주변은 순식간에 엉망이 되어버렸다. 얼른 가스레인지의 불을 줄이고 냄비 뚜껑을 열어 다시 뭉근히 끓였다.

국물이 묻은 가스레인지를 닦아내다가 문득 화라는 감정도 냄비 같은 게 아닐까 하는 생각을 했다. 화를 적절히 풀어내지 못해 갑자기 폭발하듯 화를 분출해버리면 사람들은 '뚜껑이 열렸다'는 말을 하곤 한다. 팍팍 끓다 결국 뚜껑이 열려버리는 냄비처럼, 끓어오르다 못해 부지불식간에 밖으로 분출되어버리는 모습이 닮아서다.

누구에게나 '화'라는 감정의 냄비가 있는 셈이다. 언제 어디서나 스트레스의 상황에 노출될 수 있지만 적절히 조절하거나 통제할 줄 알아야 한다. 냄비의 불을 조절해가며 끓여야 넘치지 않고 맛있는 찌개를 만들어낼 수 있는 것처럼 자신의 화를 스스로 달랠 줄 아는 사람이 좀 더 살맛 나는 인생을 살지 않을까.

그해 제주

그날은 그랬지요. 무르익은 과일을 터뜨릴 정도로 이글거리던 해는 하늘에서 온데간데없이 자취를 감추고 시커먼 구름과 가로수를 뿌리째 날릴 듯한 광풍이 순식간에 세상을 뒤덮었어요. 무하마드 알리가 전성기에 날렸던 어퍼컷처럼 바다에 떨어져 있는 나무 토막을 공중으로 들어올렸다가 내리꽂았어요.

창문 밖에는 비닐봉지들이 사방을 날아다녔지만 영화 〈아메리칸 뷰티〉처럼 낭만적이지만은 않았어요. 그래도 우리는 기어이 숙소를 나섰지요. 성난 바람과 폭우에 우리가 탄 택시는 마치 롤러코스터를 탄 듯 흔들렸어요. 하지만 이내 곧 잠잠해져 얼른 택시에서 내렸지요. 우리는 우비를 뒤집어쓴 채 빗줄기 속을 내달렸어요. 그냥요. 그냥 그 넓은 바다가 보고 싶어서요.

매일매일의 일상을 함께한 엄마와 난생처음 바닷가 모래

사장을 맨발로 힘차게 달렸어요. 철썩철썩 바위를 때리는 거대한 파도 앞에서 우리는 새하얀 얼음가루 같은 물보라를 고스란히 맞았지요. 바다에 발목까지 담근 채 우리는 큰소리로 웃었어요.

잊지 않을 겁니다.
엄마와 처음 갔던 제주도를.
파도 소리 요란한 해변을 신나게 달렸던 그날을.

손끝의 고백

빼곡히 적어 둔 업무 수첩과 영문 이메일, 편지를 이따금씩 정리하다 보면 그동안의 내 직장 생활이 한 편의 소설처럼 읽힌다. 정말 많은 사람에게 쉴 새 없이 말이란 것을 걸었고 그들 또한 내게 말을 걸어왔던 셈이다.

업무를 하다 보면 영문 편지를 작성해야 할 때가 많지만 글이라는 게 동전을 넣으면 즉시 음료수가 나오는 자판기처럼 뚝딱 써질 리 만무하다. 누군가를 대신해 그 절실한 마음을 다른 사람의 마음에 묵직하게 닿게 해야 한다는 것은 여간 까다로운 일이 아니다. Thank를 썼다가 appreciate로 바꿔 넣었다가 다시 지운다. 마음먹은 대로 글이 술술 써지면 좋겠지만 대부분의 경우 눈을 부릅뜨고 손가락에 쥐가 나도록 애꿎은 자판만 두드려댄다. 아닌 게 아니라 '글쓰기 자판기'라도 있으면 좋겠다. 편지 버튼 하나만 누르면 눈 깜짝할 사이에 완성되는 그런 기계 말이다.

편지가 내 마음처럼 써지지 않아 막막할(혹은 거의 자포자기의 심정이 될 때) '시라노 백작'을 떠올린다. 에드몽 로스탕의 희곡을 원작으로 한 영화 〈시라노〉의 시라노 백작은 프랑스 배우 제라르 드 파르듀가 맡았다. 시라노라는 인물은, 외모는 전혀 아니올시다였지만 언어의 마술사에 검술실력까지 두루 갖춘, 시쳇말로 '뇌섹남'이라고 할 수 있다. 먼 친척 여동생 록산느를 사랑하지만 코주부라는 말로는 부족할 정도로 유달리 큰 코에 대한 콤플렉스 때문에 자신감을 상실해 좀처럼 그녀에게 다가서지 못하고 전전긍긍한다. 그 사이 록산느는 시라노의 근위대에 있는 미남 청년 크리스티앙과 사랑에 빠지고 만다.

하지만 신은 공평했나 보다. 외모가 뛰어난 크리스티앙에게는 여성을 사로잡을 만한 언어가 없었다. 옛날 어느 희극인의 말처럼 시라노는 '못 생겨서 죄송한' 외모였지만 언어가 있는 남자였기에 크리스티앙과 합의해 발신인의 이름을 크리스티앙으로 바꿔 편지를 보내기 시작한다. 크리스티앙이 록산느에게 보내는 연애편지를 대필하는 방법으로 록산느에게 사랑을 표현한 것이다.

시라노의 언어와 크리스티앙의 외모는 절묘한 시너지를 발휘한다. 록산느는 시라노의 편지를 빨려 들어가듯 읽는다. 편지가 전달되면 전달될수록 그녀의 눈빛은 사랑하는 이에게로 향한다. 사랑하는 이란 물론 시라노가 아닌 크리스티앙을 말한다.

김춘수 시인의 〈꽃〉을 굳이 인용하지 않더라도 이름은 존재와 직결되는 것이다. 자신의 존재를 감추고 이름조차 타인의 것을 쓸 수밖에 없던 시라노의 속은 시커멓게 타들어 갔을 법도 한데, 기꺼이 크리스티앙의 '언어'가 되어 준다. 록산느가 바라보는 이가 자신이 아닌 크리스티앙이라 할 지라도 상관없다는 듯 타인의 이름 아래 사랑을 고백하는 시라노. 이와 대조적으로 장면에 장면을 거듭할수록 사랑의 언어는 고사하고 제대로 된 문장 한 마디조차 건네지 못하는 크리스티앙. 두 사람이 지닌 언어의 간극은 외모만큼이나 좁혀지지 않았다.

시라노의 편지는 단순한 연애 편지가 아니라 문학 작품 수준이었다. 세련되고 미려한 수사(修辭)는 물론이고 글자와 글자, 문장과 문장 사이에 진심을 심어 사랑을 꽃피웠다. 무엇보다 자신을 당당히 드러내놓을 수 없는 상황에서 타인의 이름을 쓸 수밖에 없는 애틋하고 절절한 문장들은 사랑의 강물이 되어 그녀의 마음속으로 흘러들어갔을 것이다. 어쩌면 꽁 꽁 얼어붙은 가슴의 난공불락 철옹성 같은 여인의 마음조차 활짝 열어젖혔을지 모른다.

　　전쟁 중에도 시라노는 크리스티앙 대신 편지를 써준다. 크리스티앙은 시라노가 쓴 편지를 록산느에게 전하러 가다 전사하고 그 사실에 감동한 록산느는 수녀원으로 들어가버린다. 이제는 자신의 존재를 드러낼 법도 한데, 시라노는 상당히 긴 세월 동안 그녀를 찾아가 그저 말벗이 되어준다. 인생을 건 기다림, 이것이 바로 시라노식 사랑법 아닐까. 기다리며 그의 사랑은 더욱 깊어 간다.

　　어느 날 시라노는 자신을 시기하던 자들에게 공격을 당해 머리를 다치게 된다. 사경을 헤매면서도 그녀를 만나기 위해 수녀원으로 간다. 록산느는 시라노에게 크리스티앙의 마지막 편지를 읽어달라고 한다. 어두워져 잘 보이지 않지만 시라노는 자기가 직접 쓴 편지였기에 외워서 읊조린다. 지금까지 자기가 받은 편지를 쓴 주인공이 시라노였다는 사실을 뒤늦게나마 알게 된 록산느는 죽어가는 시라노에게 자신이 사랑한 사람은 사랑의 언어를 들려준 시라노라고 고백하고 시라노는 그녀의 품에서 조용히 숨을 거둔다.

시라노의 사랑 이야기를 되새기다 보면 좀 더 섬세한 단어와 문장을 쓰고 매만지는 정성을 간과할 수 없다. 그렇게 토해낸 문장은 비록 조금 서툴러도 상대방의 마음을 움직이게 하지 않을까.

드라마 〈미생(未生)〉에 이런 말이 나온다.
"다들 잘하기는 하는데 머리만 치고 있어. 가슴을 쳐야지. 가슴을!"
인턴사원들의 프레젠테이션을 보고 오 차장이라는 인물이 답답한 나머지 던진 한 마디이지만 곱씹어봄 직하다. 글이란 역시 자판기에서 상품을 고르듯 할 수 없는 것이다.

당신의 기쁨은 나의 기쁨

홍대 입구에서 출판사와 미팅을 끝내고 광화문행 버스에 몸을 실었다. 비가 와서 버스 안은 축축했고 사람들은 젖은 우산이 몸에 닿을까 잔뜩 움츠렸다. 적당한 위치에 자리를 잡으려는데 팝송이 흘러나왔다.

라디오에서 나오는 건지 CD를 튼 건지 알 수 없었지만 마침 귀에 익은 곡이 나와 흥얼거렸다.

"지금 듣고 계신 곡은 스웨덴 출신의 혼성 그룹 아바의 노래 'Thank you for the music'입니다."

버스 기사님이 마이크 방송을 하자 버스 안의 승객들은 너나 할 것 없이 기사님 쪽을 바라봤다. 기사님은 매우 진지한 표정으로 소개를 이어나갔다. 궂은 날씨에 찌푸린 표정을 하던 사람도 조금은 놀란 표정으로 미소를 짓는 듯했다.

"아바의 이 노래는 오늘 같은 가을날 잘 어울리죠. 음악
이란 언제나 우리와 함께합니다. 버스를 타신 모든 승객 여러
분, 좋은 추억을 안고 가시기 바랍니다."

나는 귀를 쫑긋 세우며 들었다. 예전에 즐겨 들었던 라디
오 진행자들처럼 듣기 좋은 목소리에다 정류장을 지날 때마다
주옥같은 명곡들이 줄줄이 흘러나왔다. '별이 빛나는 밤에'나
'밤의 디스크쇼'의 버스 기사 버전이라고나 할까. 기사님은 어
쩌면 DJ를 꿈꾸었던 사람일 수도 있고 그저 사람들에게 음악
을 들려주고 싶어서 방송을 자처했을 수도 있다. 이유야 어떻
든 간에 메마른 세상에 촉촉하게 뿌려지는 빗방울처럼 노랫소
리가 유리창을 톡톡 두드렸다.

운전 솜씨도 부드러워서 버스를 타는 내내 손에 땀이 나도
록 손잡이를 꽉 쥐고 있을 필요가 없었다. 자기 일을 사랑하고
재능을 방송으로 승화시켜 승객을 진심으로 생각하는 기사님
의 배려와 프로 의식이 엿보였다. 마음이 시키는 일을 하는 기
사님, 사람과 사람의 온기를 나누는 기사님의 버스는 그러했다.

그 버스 기사님에게 좌우명을 묻는다면 아마 이렇게 대답하지 않을까.

"승객의 기쁨은 나의 기쁨, 나의 기쁨은 승객의 기쁨."

사과

가슴이 철렁 내려앉았다. 입원 수속을 마치고 온 사이 엄마의 팔목에 생면부지 남의 이름과 번호가 적혀 있었다. 링거 주사를 놓으려는 간호사에게 환자 번호를 제대로 확인하고 팔찌를 달았느냐고 물었더니 미안하다고 했다.

"너무 바빠요. 좀 이해해주세요."

'이런 실수를 하다니 큰일날 뻔했습니다, 죄송합니다'가 아니었다. 누구나 실수라는 것은 할 수 있다. 팔찌가 바뀌면 링거 주사도, 약 처방도 누군가와 완전히 뒤바뀌어 다른 사람 몸에 들어가 자칫 큰일날 수도 있었지만 그 전에 발견했으므로 이해하려고 했다. 그런데 바쁘다며 대수롭지 않은 투로 변명을 했다. 간호사가 차라리 그냥 죄송하다고, 실수했다고만 말했다면 좋았을 텐데, 못내 아쉬웠다.

이름만 대도 알 만한 큰 병원에서 일어난 일이었다. 간호사는 황급히 엄마의 손목에서 팔찌를 빼고 엄마의 이름과 번호가 적힌 팔찌로 교체했다. 나는 팔찌의 주인공이 궁금해 진료 기록을 담당하는 간호사에게 물어보았다. 알고 보니 옆 병실의 할아버지였는데 당뇨병과 고혈압을 앓고 있는, 좀 전에 수술을 마친 환자였다.

그 병실로 들어가보았다. 보호자인 할머니는 할아버지의 팔찌를 확인조차 하지 않아 상황을 전혀 모르고 있었다. 할머니는 내 손을 잡으며 '정말 고마워요. 큰일 날 뻔했네' 했다. 할머니는 얼른 간호사실로 뛰어갔다 오더니 할아버지를 담당하는 간호사도 전혀 모르고 있었다며 이런 식이면 여러 사람 큰일 났겠다고 혀를 찼다. 할머니는 병원 측에 항의를 하고 싶어했지만 큰일이 일어나지 않았으니 그냥 덮어두어야겠다고 했다. 엄마는 진통제와 호르몬제, 영양제 정도의 처방을 받은 상황이었지만 만일 환자끼리 약이 뒤바뀌었다면? 상상조차 하고 싶지 않은 일이다.

생과 사를 넘나드는 병실에서는 사소해 보이는 실수로 큰일을 초래할 수도 있다. 병마와의 사투로 환자도, 보호자도, 의료진들도 모두 지쳐 있는 상황에서 실수를 저질렀을 때 그냥 내뱉는 듯한 사과는 우리의 마음을 상하게 한다. 사과를 해야 하는 입장이었을 때 상대방이 나타나기만 하면 냅다 도망치고 싶을 정도로 사과가 어려웠다는 어느 지인의 말을 기억한다. 그만큼 진정한 사과를 할 줄 아는 사람은 용기 있는 사람이라고 했다. 사과에 기술이라는 게 있을 리는 만무하다. '적당한 사과'라는 말은 과연 적절한 표현일까. 조금은 서툴러도 마음에서 우러난 사과야말로 분노의 농도를 옅게 하는 게 아닐까.

대타와 스타

"어차피 3개월만 때우면 되는데, 뭘."

　카페에 앉아 있다 보면 본의 아니게 사람들의 이야기를 엿듣게 되는 경우가 있다. 옆 테이블의 남자는 함께 차를 마시던 여자에게 3개월짜리 임시직인데 준비할 게 뭐 있느냐고 했다. 여자는 혹시 더 오래 일할 수 있을지 누가 아느냐며 열심히 하라고 독려했다.

　기간에 연연하지 않고 열심히 준비하다 보면 반드시 기회를 붙잡을 수 있다는 그런 말을 여자는 남자에게 하고 싶었을지 모른다.

　레너드 번스타인과 브루노 발터
　루치아노 파바로티와 주세페 디 스테파노

살바토레 리치트라와 루치아노 파바로티

플라시도 도밍고와 프랑코 코렐리

랑랑과 앙드레 와츠

이들의 공통점은 무엇일까? 모두 대타로 기용되었다가 스타로 부상한 음악가들이다. 지휘자 번스타인은 브루노 발터, 테너 파바로티는 주세페 디 스테파노, 테너 리치트라는 루치아노 파바로티, 테너 도밍고는 프랑코 코렐리, 피아니스트 랑랑은 앙드레 와츠의 대타였다. 그들이 그저 운이 좋아 스타가 되었을까? 모두 천재적인 인물들이지만 무대에 대신 한번 서기 위해 지난 시간 동안 남모르는 각고의 노력을 했을 것이다. 기회를 잡는 것도 중요하지만 준비된 자만이 그 기회를 꽃피울 수 있다.

돌아보면 나도 지금까지 대타로 업무를 시작한 적이 여러 번 있었다. 저 위대한 음악가들처럼 스타가 되지는 못했지만 늘 준비의 소중함을 깨닫는다. 나는 지금까지 지인의 소개를 정중히 거절하고 내가 하고 싶은 일과 직장을 선택해왔다. 그런데 이상하게도 내가 선택한 곳들은 인력 충원을 자주 하지 않거나 공석이 생기는 경우가 거의 없었다. 그냥 지인이 소개시켜주는 곳으로 갔으면 편했으려나 하는 후회가 잠깐 밀려오기도 했지만 마음에 여유를 갖고 내가 원하는 업무에 맞는 역량을 준비하며 기다렸다. 그러다 누군가 출산 휴가를 가거나 부득이 잠시 업무를 중단했을 때 내게도 기회가 왔다. 수북하게 쌓인 이력서들 중에서 나는 행운의 주인공이 되었다. 임시 계약이었지만 꿈과 목표가 있었기에 순간순간 충실히 임했고 우수한 성과와 업무 태도는 종신 계약으로 이어졌으며 승진도 덤으로 따라왔다. 심지어 어떤 경우에는 좀 더 마음에 드는 업무가 무엇인지 내게 의사를 물어와 하고 싶은 일을 마음껏 할 수 있었다. 그리고 퇴사 후에도 혹시 관심이 생기면 다시 와 달라는 요청도 받곤 했다.

이탈리아 토리노 박물관에는 기회의 신 카이로스의 조각상이 있다고 한다. 앞머리에는 머리카락이 풍성하게 몰려있고 뒤통수에는 머리카락이 한 올도 없는데, 기회가 주어졌을 때 빨리 붙잡으라는 의미로 해석되곤 한다. 즉, 앞머리는 현재 붙잡을 수 있는 기회, 뒷머리는 붙잡을 수 없는 지나가버린 기회로 풀이할 수 있다. 앞머리가 무성하면 얼굴을 알아보기가 쉽지 않으므로 그것이 기회인지 아닌지 금방 알아차리기가 어렵다는 의미도 있는 듯하다. 우리는 어쩌면 중요한 순간들을 이미 만났을 것이고 앞으로도 그러할 것이다. 지금 이 순간에도 기회가 우리를 스쳐지나가고 있을지도 모른다. 그렇다면 기회를 잡을 수 있도록 준비된 사람이 되어야 하지 않을까.

마음의 거울

"걔는 잘랐어요."

"네?"

"걔는 그만뒀다구요."

"ㅂ 씨가요? 엊그제까지 통화했었는데……"

"네, 걔는 말예요…… 아무튼 애가 좀 멍청해서."

어느 회사 대표와 이런 대화가 오고 갔던 것으로 기억한다. 나는 적잖이 놀랐다. 중후한 신사에다 외부 인사들에게 유쾌하고 친절하게 대해주시는 분인데 얼마 전 그만둔 직원을 통화가 끝날 때까지 계속 '걔', '애'라는 말로 지칭했다. 정말 그분 맞나? 그분이 이럴 리가 없는데…… 내 귀를 의심했다.

함께 일했던 직원은 모르긴 몰라도 좀 힘들지 않았을까 짐작한다. 평소에도 그런 식으로 대했는지는 모르지만 외부 사람과 통화 중에 스스럼없이 그런 식으로 불렀다는 것만으로, 그 대표에 대한 나의 믿음에 약간의 균열이 생기고 말았다.

피해 다니면 오히려 정통으로 맞닥뜨리게 되니 인생을 대할 때 초연한 태도를 유지해야 한다는 사실은 지금 하고 있는 일을 처음 시작하면서 깨달았다. 내가 질색하는 부분이 있었는데, 바로 낯선 상대방에게 전화 걸기였다. 업무 때문에 문의를 하거나 요청을 해야 할 때가 수두룩했다. 반대로 요청 전화를 받느라고 거의 하루 종일 전화벨이 나를 집어삼키는 듯한 날도 많았다. 통화는 언제나 잘 마쳤지만 문제는 내가 전화를 걸기까지였다. 통화하는 상대방의 국적을 막론하고 그랬다. 통화 결과의 성공 여부를 떠나, 생전 얼굴 한 번 본 적 없는 상대와 마주앉아 일방적으로 요청을 한다 해도 어색할 텐데, 하물며 전화로 해야 한다는 사실이 불편하고 내키지 않았다. 지인들은 내게 점잖은 분이 전화 통화도 참 점잖게 한다며 남의 속도 모르는 이야기를 하기도 했다.

하지만 싫은 것 안에도 보물이 숨어 있다지 않은가. 전화 걸기에서도 뭔가 새로운 발견을 하겠다는 각오로 마음을 다질 수밖에. 문의사항을 메모지에 조목조목 적고 상대방이 어떤 태도로 나올지 구체적으로 마음속에 그리며 전화기의 버튼을 꾹꾹 눌렀다. 하루에도 수십 통의 전화 통화를 하다 보면 세세

한 부분들이 알게 모르게 드러난다. 상대방의 얼굴이 보이지 않기 때문에 더욱 집중하여 듣게 되는데, 목소리는 물론 말투, 그리고 상대방에 대한 배려심과 마음의 결까지 엿볼 수 있다.

"아, 그렇군요. 감사합니다."
"네, 그런데요? (뭐죠?)"
"아, 그러니까, 그 말이죠……"

나는 목소리 수집가처럼 수화기에 귀를 기울이곤 한다. '쎄시봉'을 멋들어지게 부른 샹송 가수 이브 몽땅 같은 저음과 비음이 적절히 섞여 듣기 좋은 목소리를 모처럼 듣게 된다거나 바리톤 토마스 햄슨처럼 깊은 밤의 첼로 연주를 듣듯 나직하면서도 따뜻한 목소리, 혹은 쇼팽의 전주곡 15번 '빗방울'처럼 촉촉하게 마음에 노크하는 성우 김세한 같은 목소리를 듣게 되는 사소한 행운이 찾아오면 오페라 〈삼손과 데릴라〉에서 노래했듯 그 음성에 마음이 열릴 것만 같다.

목소리가 성우 장광님 닮았어요, 송도영님 닮았어요, 하면 그들의 이름을 아는 나를 신기한 듯 바라본다. 그러다가도 배려심이 결여되어 있거나 자기 생각을 일방적으로 내리꽂는 말 때문에 목소리라는 근사한 악기의 매력은 허공으로 흩어져

버리기도 한다. 불순물을 거르지 않은 오염된 물이 몸속에 흘러 들어오는 것 같기도 하다. 앞서 소개한 대표의 목소리도 중저음에 중후해서 듣기 좋지만 그날의 통화 이후로 예전처럼 매력적으로 들리지는 않았다.

거울은 우리의 모습을 그대로 비춘다. 찌푸리고 있으면 찌푸린 대로, 활짝 웃고 있으면 웃는 대로 거울에 반영된다. 사람들은 언어를 거울에 비유하곤 한다. 사람의 마음, 인품, 됨됨이를 속절없이 드러낸다고 믿기 때문이다. 아름답고 고운 말을 쓰는 사람은 대개 마음씨도 곱고, 거친 말을 하는 사람은 마음씨도 그러하다고 여겨지는 까닭이 바로 여기에 있다. 그래서 어떤 사람인지 알고 싶을 때 그 사람의 말을 들어보면 된다.

전화를 끊고 나서 생각해봤다. 나 또한 거울을 닦듯 조심스럽고 신중하게 말을 건네고 있는지.

보물을 찾아서

초등학교 때는 소풍을 가면 서오릉, 정릉 같은 왕릉이 필수 코스였다. 소풍의 백미는 점심 도시락으로 집에서 싸온 김밥과 보물찾기였다. 도시락을 꺼내 먹고 나면 으레 보물을 찾는 순서가 되곤 했다. 아이들은 찾기 어려운 곳에 보물이 숨겨져 있을 거라며 소풍 장소를 벗어나 아주 먼 데까지 나가곤 했지만 알고 보면 보물은 항상 나무 둥치라든가 돌 밑에 숨겨져 있었다.

"나한테 있어서 가장 소중한 것은 아직 나 자신도 모르거든. 그래서 난 이렇게 그것을 찾기 위해서 매일매일을 보내고 있어…… 있을 거다, 짐. 어딘가에서 내가 나의 가장 소중한 것과 만나게 될 때가 꼭 있을 거야."

어린 시절 본 애니메이션 〈보물섬〉의 존 실버는 보물을 찾아 떠돌아다니는 해적이었다. 남자다운 체격에 두뇌회전이

뛰어나고 재치도 넘치는 인물이었는데, 그가 읊조리는 대사는 하나하나가 새겨둘 만한 것이었다. 우여곡절 끝에 막상 금은 보화가 가득한 보물상자를 발견했지만 자신이 찾으려고 하던 소중한 것은 아니었다고 주인공 소년 짐에게 털어놓는 장면은 왠지 서글펐다. 그토록 찾아 헤매던 것을 손에 넣고 보니 결국 아무것도 아니었다고 고백하는 쓸쓸하고 허무한 마음이 어린 내게도 고스란히 전해졌던 것 같다. 아름답고 마음씨 착한 아내를 두고도, 정착하지 못하고 여기저기 떠돌아 다니며 소중한 것을 찾아 헤매는 실버가 안타까웠다.

보물은 아주 가까운 곳에 있는지 모른다. 보물을 행복이라는 낱말로 바꿔봐도 마찬가지다.

창문을 열면 방 안으로 따듯하게 퍼지는 아침 햇살, 가족과 함께하는 소박한 저녁 밥상, 하찮고 시시해 보이지만 내가 좋아하는 모든 것들…… 내 주변에 있는 소중한 것을 담아보려는 마음이 진정한 행복을 발견하게 한다.

아름다운 약속

어느 봄날 청첩장이 날아들었다. 파리의 에펠탑을 배경으로 직장 동료와 예비 신부가 난간에 걸터앉아 손을 마주잡고 활짝 미소 짓는 사진이 흑백 영화의 한 장면처럼 인쇄되어 있었다.

"4년간의 연애 끝에 저희가 이제 새로운 가정을 이루는 아름다운 약속을 하려 합니다."

이태리 르네상스 화가와 이름이 같은 그 동료는 겨우 4개월 정도 같이 일했지만 여유가 있는 성격에, 복잡하고 힘든 업무가 생긴 상황에서도 어떻게든 될 거라며 사람 좋은 넉넉한 미소를 건네던 사람이다.

"화목하고 행복한 가정을 이루도록 오셔서 축복해주시고 지켜봐주십시오."

청첩장의 사진을 찬찬히 들여다보면서 카스파 다비드 프리드리히의 〈범선에서〉라는 명화가 떠올랐다. 한 쌍의 남녀가 갑판 위에서 두 손을 꼭 잡은 채 항해를 한다. 나란히 앉은 두 사람의 시선은 오로지 앞만 향하고 있다. 새 출발을 하는 남녀가 둘만을 위한 미지의 섬으로 나아가는 듯하다. 뒷모습을 그린 그림이라 표정을 읽을 수는 없지만 설렘, 기다림, 두려움 같은 감정들이 뒤섞여 있을 거라고 짐작해본다.

"조금만 더 가면 저곳에 닿게 되는데, 준비되었소?"
"그럼요. 당신과 함께라면 두렵지 않아요."

마치 이런 대화를 주고 받는 듯한 그림이다. 동료와 한국인 예비 신부가 청첩장의 사진 속에서 맞잡은 손은 이들이 말한 '아름다운 약속'이라는 구절과 잘 어울렸다. 그 약속은 서로를 향한 것이기도 하고 이들의 삶을 지켜보고 응원해줄 사람들에게 보여주는 선서와도 같은 것이다.

마크 트웨인의 말을 실천하듯 자신만의 안

전한 항구를 벗어나 용감하게 사랑의 항해를 떠난 두 사람의 앞날에 구름이 끼는 날도 있을지 모른다. 하지만 독일 속담에 '사랑은 장애물에 부딪칠수록 점점 더 잘 자란다'고 했다. 부디 앞으로도 변함없이 사랑하기를……

저녁이 가면 아침이 온다

"우리 할머니가 주신 거예요."

칼바람이 웅웅거리는 1월의 한파 속 어느 찻집에서 그녀는 자그마한 병을 수줍게 내밀었다. 기도하는 성모 마리아가 조각되어 있는 병에는 물이 가득 담겨 있었다. 취리히 호숫가에서 담아온 물이라고, 취리히 호수처럼 파란 눈동자를 반짝이며 기쁨이 깃들어 있는 목소리로 그녀가 말했다.

나의 입사와 그녀의 퇴사 기간이 겹쳐질 때 통성명만 하게 된 인턴이었지만 그녀는 그 짧은 시간 동안 내게 살갑게 대했다. '친절하게 대해줘서 고마워요'라는 말을 내게 남기고 취리히로 돌아갔던 그녀였다.

그녀의 할머니는 우리 엄마가 암 수술을 받았다는 이야기를 듣고 곰곰 생각하시더니 물을 담아 보내셨다고 했다. 그러면서 엄마가 빨리 완쾌하기를 바란다는 말도 전해달라고 하셨다며 잠깐 서울에 돌아온 날 내게 그 물병을 건넸다. 그녀의 할머니도 어딘가 많이 아팠던 적이 있겠지. 아니면 할머니의 딸, 그러니까 그녀의 어머니나 주변의 친한 누군가가 아팠을 지도 몰라. 먼 이국땅에서 왠지 마음이 가는 동료의 엄마가 아프다는 손녀의 말 한 마디에 호숫가로 나섰을 거라고 추측했다.

물병을 건네받는 순간 어느 그림에서 깊은 슬픔에 빠진 젊은 여인의 등을 가만히 쓸어주는 할머니의 손길이 느껴졌다. 감사의 단어를 전부 동원한다 해도 그 어떤 말로도 내 마음을 제대로 표현하긴 어려웠다. 나는 그저 그녀의 두 손을 꼭 잡았다. 그녀는 특별할 것 없는 그저 작은 물병이라고 말했지만 내겐 마법의 물병이었다. 어둠에 지친 나날들 속에서 반짝거리는 빛 한 줄기를 만난 것 같았다. 우리가 앉아있던 온돌방 찻집의 구들장처럼 마음이 훈훈해졌다. 유난히도 춥고 얼어붙은 혹독한 겨울의 강을 무사히 건너갈 수 있을 것 같았다.

살면서 '기운 내, 힘내'라는 말보다 조심스런, 하지만 더 큰 헤아림의 위로를 받을 때 어딘가 숨어버린 감사의 마음이 가슴에 다시 잔잔히 퍼진다.

마치며

짧고도 긴 우리의 서툰 인생에서

서로 위로하고 위로 받으며 함께하는

나, 당신 그리고 우리.

외로운 어른들의 주^註

1　요시다 슈이치, 《요노스케 이야기》, 은행나무, 2009.

2　와이오타푸(Wai-O-Tapu). 뉴질랜드 북섬에 있다. 아주 옛날 화산 폭발로 형성된 칼데라로, 온천과 간헐천 지대이며 '신성한 물'이라는 뜻이라고 한다.

3　일본의 풍속화.

4　신제품을 먼저 써보는 '얼리어답터(Early adopter)'와 '먹다'를 결합한 말.

5　와비란 단순하고 덜 완벽한 것, 본질적인 것을 의미하고 사비란 시간의 흐름을 받아들인 오래된 것, 낡은 것을 뜻한다. 즉, 와비사비는 단순하고 덧없는 것 속에서 조화와 기쁨을 발견하는 정서. 작은 것에 만족하고 무슨 일이든 최선을 다하며 늘 적게 소유하려고 애쓰는 이들이 이에 속한다. 이윤미 기자, <단순하고 느리게…'작은 행복'의 비밀>, 헤럴드 경제, 2017.11.17., http://biz.heraldcorp.com/view.php?ud=20171117000424

6　앙드레 지드, 《지상의 양식》, 민음사, 2007.

7　알베르 카뮈, 《시지프 신화》, 책세상, 1998.

8　이언 게이틀리, 《출퇴근의 역사》, 책세상, 2016.

9　등산에서, 짙은 안개 및 폭풍우를 만났을 때나 밤중에 방향 감각을 잃고 같은 지점을 계속 맴도는 일. 황순원의 소설 제목.

10　파스칼 메르시어, 《리스본행 야간열차》, 들녘, 2007.

외롭지
않은
어른은
없어

초판 1쇄 발행 2018년 3월 5일

지은이 안경숙
펴낸이 이광재

책임편집 김미라
디자인 디렉팅 이창주   **디자인** 박윤정
마케팅 허남, 최예름

펴낸곳 카멜북스   **출판등록** 제311-2012-000068호
주소 경기도 고양시 덕양구 통일로 140 (동산동, 삼송테크노밸리) B동 442호
전화 02-3144-7113   **팩스** 02-6442-8610   **이메일** camelbook@naver.com
홈페이지 www.camelbooks.co.kr   **페이스북** www.facebook.com/camelbooks
인스타그램 www.instagram.com/camelbook

ISBN   978-89-98599-43-0 (03810)